Hans-Jörg Hennecke

# Lindentod

Hans-Jörg Hennecke

# Lindentod

Kriminalroman

zuKlampen!

Herausgegeben von Susanne Mischke


info@zuklampen.de · www.zuklampen.de

Umschlag: Angelika Konietzny (www.izwd.de)
Satz: thielenVERLAGSBÜRO, Hannover
Druck: CPI - Clausen & Bosse, Leck

ISBN 978-3-86674-068-6

*Bibliografische Information Der Deutschen Bibliothek*
Die Deutsche Bibliothek verzeichnet diese Publikation in der Deutschen Nationalbibliografie; detaillierte bibliografische Daten sind im Internet über ‹http://dnb.ddb.de› abrufbar.

# 1.

Kleingärten sind traditionell Orte des Friedens und der Geruhsamkeit. Wenn hier etwas völlig unpassend ist, dann eine männliche Leiche mit einer hässlichen Wunde in der Schläfe. Lindemann hat sie gesehen, genau wie der pensionierte Pastor Sebastian Sauerbier. Alle anderen haben sie nicht gesehen, obwohl sie unverzüglich zum Ort des Geschehens eilten – und das macht die Sache sehr kompliziert. Aber der Reihe nach.

Lindemann lebt in Linden und verdient sein Brot als Beamter der unteren Laufbahn im Amt für dieses und jenes. Die Amtsbezeichnung ist nicht offiziell, hat sich aber dennoch im allgemeinen Sprachgebrauch durchgesetzt. Die Hauptschuld daran trägt natürlich Nachbar Stokelfranz.

Wenn die täglichen Pflichten Gongschlag 16.30 Uhr in einem Aktenordner verschwinden, eilt Lindemann in die freie Natur auf eigenem Grund, wenn der auch nur gepachtet ist.

Lindemann hat sich entschieden. Er will fortan sein Lindener Stadtleben durch ein konsequentes »Zurück zur Natur« ergänzen. Leidenschaftliche Kleingärtner wie Nachbar Stokelfranz haben ihn auf den Geschmack gebracht: Bewegung an frischer Luft, nützliche Arbeit in der Natur, ein preisgünstiger Aufenthaltsort für die schönsten Tage des Jahres. Und dann der Bonus: süße Kirschen, die man direkt vom Baum verspeisen kann, köstliche Erdbeeren, die nur noch auf einen Schlag Sahne warten, Gemüse ohne jede Genmanipulation. Nicht zu verachten auch die ungeahnten Möglichkeiten des Grillens von Koteletts und Würstchen – alles flankiert von einem bequemen Liegestuhl mit Sonnenschirm. So, denkt Lindemann, kann man leicht hundert Jahre alt werden. Vorausgesetzt, man gerät nicht in die Schusslinie von Ereignissen, die in ein Schreckensszenario zu münden drohen.

Lindemann liebt in besonderem Maße die Knoblauchpflanze, die er in seinem Garten von Beginn an anbaut und von der er täglich und in jeder Speise mindestens eine Zehe verzehrt. Das konnte einsam machen, aber gesund war es auf jeden Fall. Eine leichte Knoblauchfahne verriet ohne Anstrengung Lindemanns Anwesenheit, auch wenn er eine halbe Stunde zuvor gegangen war.

Ansonsten sorgte er für das Alter in bescheidenem Umfang vor. Manche eingesparte Mark hatte er nicht an die Lotto-Gesellschaft durchgereicht, sondern sich Zug um Zug einige Aktien gekauft. Nicht die Papiere, die heftig empfohlen wurden, sondern solide heimische Anteilscheine der Baugesellschaft Steinhaus, die Lindemann besonders zukunftsträchtig erschien. Als die Mark dann Euro hieß, machte er eifrig weiter Umsätze bei seiner Bank. Jährlich bekam Lindemann seither eine Einladung zur Hauptversammlung der Steinhaus AG. Er fühlte sich dadurch geehrt, obwohl er auf eine persönliche Teilnahme verzichtete und seiner Bank das Stimmrecht übertrug. Ganz persönlich wollte er sich lieber mit einem Garten beschäftigen.

Einen Kleingarten am Lindener Berg zu bekommen, ist nicht allzu schwierig. Dort waltet der Kleingärtnerverein

Linden e.V. über die fruchtbare Scholle. Da muss man Mitglied werden, denn nur Mitglieder bekommen einen Garten. Lindemann ist nun also eingetragener »Gartenfreund« und wird in formalen Anschreiben mit »Gut Grün« gegrüßt. Als Ablöse waren erst einmal dreitausend Euro fällig. Dafür hat er nun eine Laube, mehrere Bäume, zahlreiche Sträucher und Hunderte von Blumen. Der Garten ist dreihundertachtzig Quadratmeter groß und die kosten pro Stück gerade mal zweiundvierzig Cent Pacht im Jahr. Das nennt Lindemann preisgünstig.

Als gewissenhafter Mensch hat er realisiert, dass im Kleingartenwesen alles nach festen Spielregeln abläuft. Die oberste Spielregel gibt das Bundeskleingartengesetz vor, kurz BKleingG genannt. Lindemann fand ein Exemplar des wichtigen Gesetzes in der Stadtbücherei.

»Ein Kleingarten ist ein Garten, der dem Kleingärtner zur nichterwerbsmäßigen gärtnerischen Nutzung, insbesondere zur Gewinnung von Gartenbauerzeugnissen für den Eigenbedarf, und zur Erholung dient«, lernte Lindemann schon im Paragrafen eins. »Ein Kleingarten soll nicht größer als vierhundert Quadratmeter sein. Die Belange des Umweltschutzes, des Naturschutzes und der Landschaftspflege sollen bei der Nutzung und Bewirtschaftung des Kleingartens berücksichtigt werden.«

Lindemann setzte sich aufrechter in den Sessel und dachte an seine zukünftige Verantwortung für das ökologische Gleichgewicht der nördlichen Hemisphäre.

Dann las er: »Im Kleingarten ist eine Laube in einfacher Ausführung mit höchstens vierundzwanzig Quadratmetern Grundfläche zulässig. Sie darf nach ihrer Beschaffenheit, insbesondere nach ihrer Ausstattung und Einrichtung, nicht zum dauernden Wohnen geeignet sein.«

Diese Bestimmung schien Lindemann sehr allgemein und abhängig von den wohnkulturellen Vorstellungen des möglicherweise kontrollierenden Kolonievorstands. Durfte da ein Kühlschrank sein, um das Bier auf klassische Trinktemperatur zu drosseln? Eine Kochplatte für den kleinen Hunger zwischendurch? Eine Couch für den Mittagsschlaf? Ein Radio für den persönlichen Anschluss an die Kommunikationsgesellschaft? Gab es beschränkende Anforderungen an die Beschaffenheit von Biergläsern und Kaffeetassen? Könnte das Trinken aus einem handbemalten Seidel mit Zinndeckel auf die Neigung zu dauerhaftem Wohnen schließen? Fragen eines lesenden Kleingärtners in der Probezeit. Antworten des amtierenden Kolonievorstandes kamen im Paket. Da gebe es noch eine Satzung mit Kleingartenordnung, die müsse Lindemann unterschreiben. Fünfzehn Stunden Gemeinschaftsarbeit in der Kolonie seien pro Jahr zu leisten. Zwischen 13 und 15 Uhr sowie ab 19 Uhr und am Wochenende sei Ruhe zu bewahren, was sich auf Motorenlärm und Radiowellen beziehe. Unkraut müsse gejätet und die Drittelregelung geheiligt werden. Die besage, den Garten zu je einem Drittel mit Bäumen und Sträuchern, Gemüse und anderen Früchten sowie Rasen zu bestücken. Jedenfalls ungefähr, man sei da nicht so kleinlich. Tierhaltung im Garten komme jedenfalls nicht infrage, äußerstenfalls seien einige Bienenvölker als Haustiere zu verkraften.

Über Mord und Totschlag stand in dem Gesetzeswerk nichts.

Lindemann fuhr gerade in den ersten Monaten vollen Einsatz, um die gesetzlich und vorstandlich gegebenen Klippen zu umschiffen. Der Vorstand war selten zu sehen, schaute nicht nach dem Bestand an Biergläsern und Kühlaggregaten, was Lindemann als vertrauensvolle Zustimmung zu seinem agrarischen Werk verbuchte. Und Tiere gab es ohne jegliche Haltung vonseiten Lindemanns: in den Bäumen Eichhörnchen und Vögel, eine Igelfamilie schien im Komposthaufen zu wohnen, war aber nur nachtaktiv, also dann, wenn Lindemann nicht mehr auf seinen dreihundertachtzig Quadratmetern wirkte. Und Nacktschnecken sah Lindemann, die sich mit atemberaubender Langsamkeit durch den Garten bewegten. »Da müssen Sie Bierfallen aufstellen, das zieht die Schnecken an. Die saufen und sterben daran«, empfahl ein Nachbar. Lindemann sah gar nicht ein, warum er irgendein Lebewesen per Suff in den Tod treiben sollte. Außerdem hielt er diese Art Umgang mit Bier für Alkoholmissbrauch.

Das ging gut, bis eines Tages Erdbeeren und Radieschen gleichzeitig rot und reif des Kleingärtners Herz erfreuten. Als Lindemann voller Freude die Früchte seiner Arbeit erntete, entdeckte er an denselben herausgeschabte Rillen. »Das waren die Schnecken«, bemerkte der Nachbar vorwurfsvoll, denn Lindemanns Tatenlosigkeit in dieser Frage war ihm nicht entgangen. Die langsamen Tiere waren also doch schneller als Lindemann, wenn es um die Ernte ging. Und dann sah er sie. Nicht zehn, nicht fünfzig – es waren Hunderte, die über Lindemanns gepachtete Quadratmeter robbten. Missbrauch gegen Missbrauch, beschloss Lindemann und stellte alle drei Meter eine flache Schale mit Bier auf. Eine gleiche Menge Bier verleibte er sich selber ein, was eine stark beruhigende Wirkung angesichts des frevelhaften Tuns der

Schnecken zeitigte. Der Erfolg stellte sich ein. Nach drei Stunden zählte Lindemann über dreißig im Bier treibende Schnecken. Eingedenk der vorhandenen Gesamtpopulation rechnete er aus, dass wohl einige Kisten Gerstengebräu nötig wären, um mit dem kriechenden Spuk aufzuräumen. Lindemann beschloss, das Bier lieber selber zu trinken. Das würde die Schnecken nicht beseitigen, aber deren Wirken machte ihm dann oberhalb von zwei Promille kaum noch etwas aus. Gedacht, getan. Lindemanns vorletzter Gedanke war seinem Kolonievorstand gewidmet. Hatte seine lässige Haltung möglicherweise etwas mit unerlaubter Tierhaltung im Garten zu tun?

Der letzte Gedanke, schon halb im Schlaf, erinnerte ihn daran, dass Frauen noch vor wenigen Jahren nicht allein einen Garten pachten durften. Die Vereinsfunktionäre fürchteten da allerdings keine unerlaubte Tierhaltung, sondern das Entstehen von »Liebesnestern«, wie sie unverblümt erklärten.

## 2.

Das ist nun schon einige Zeit her, aber Lindemanns Leidenschaft für die grüne Freizeit hat nicht nachgelassen. Wer seinen Garten liebt, der gibt selbst dem Wildkraut eine Chance. So ungefähr lässt sich Lindemanns Glaubensbekenntnis als Kleingärtner zusammenfassen. Nie käme er auf die Idee, Wildkraut als Unkraut zu diffamieren. Manche dieser Kräuter stehen durch übertriebenen Einsatz EU-subventionierter Landwirte und bornierter Kleingärtner der alten Schule ohnehin vor dem endgültigen Aus. Nur der Eintrag in die »Rote Liste« sichert ihr vorläufiges Überleben.

Lindemanns Grasfläche hat mit einem herkömmlichen Rasen wenig gemein: Gänseblümchen sind Tupfer natürlicher Lebensfreude. Sogar Löwenzahn entfaltet seine gelbe Pracht, wandelt seine Form zur Pusteblume und lässt Tausende winziger Nachkommen in die Nachbarschaft tragen. Lindemann schaut mit einiger Zufriedenheit auf die selbsttätige Natur. Kaninchen werden es ihm danken, vermutet er, sollen sie doch wahre Genießer der unverwüstlich leuchtend gelben Pflanze sein. – Eine Idylle, aber zerbrechlich wie geschliffenes Glas. Doch das wusste Lindemann zu diesem Zeitpunkt noch nicht.

In Kleingartenanlagen zieht das Leben friedlich seine Bahn, die Sonne scheint selten, dann aber doch über Gerechte und Ungerechte. Auch Hausnachbar Stokelfranz liebt das Gartenleben, hegt nicht sonderlich emsig seine Parzelle in der gleichen Kolonie, in der auch Lindemann eingeschrieben ist. Man grüßt sich bei unvermeidlichen Begegnungen, man geht sich aus dem Wege, wenn es die Anzahl der Wege erlaubt. Stokelfranz ist arbeitslos und schlägt sich mühsam mit Hartz IV durchs Leben, da kommt ihm der Garten schon zupass.

In diesem Jahr ziert eine modische Neuerung fast jeden Garten: Hochbeete sind angelegt. Sie bergen gleich zwei Trümpfe. Zum einen kann man in ihnen eine Menge Kompost verschwinden lassen, zum anderen garantieren sie eine reiche Ernte von Gemüse und anderen Früchten. Das sagen jedenfalls die alten Hasen unter den Kleingärtnern, und deren gibt es viele. Allerdings gehört Lindemann nicht dazu. Wollen würde er schon, aber sich trauen hat er bisher nicht gewagt. Ganz anders Nachbar Stokelfranz. Wenn er bei Einbruch der Dunkelheit mit seinesgleichen in trauter Runde Bier vertilgt, sind seine Reden die des Meisters aller Gewächse, von denen man einige kaum dem Namen nach kennt. Über Anbaumethoden und Grabetechniken weiß er zu berichten, dass jeder Hörer merkt: Der Mann trägt es faustdick mit sich in der Hosentasche rum.

## 3.

An Sonntagen versinkt die Kleingartenkolonie in erholsame Ruhe. Kein schlechtes Gewissen wird bemüht, wenn Ruhe und Erholung zu Gärtners erster Pflicht mutieren. Dieser Sonntag, es ist der 24. Mai, macht da keine Ausnahme. Die Sonne strengt sich an, ein mäßiger Wind bremst möglichen Übermut und sorgt für Frische, die nicht allgemein begrüßt wird. In den Gärten wehen Wetterfahnen, viele tragen das Symbol der Fußballer von Hannover 96, ein Einsamerer feiert gar die schwarz-gelbe Borussia aus Dortmund.

Lindemann hat eine Hängematte zwischen zwei Apfelbäume geknüpft, um heute der einfachen Gemütlichkeit zu frönen. Eine Stunde Pause, dann wird seine neue Freundin Monika erscheinen, mit Kuchen, zu dem er – Lindemann – den Kaffee servieren soll. Kaffee geht schnell, denkt der Mann und lässt sich buchstäblich hängen. In der geflochtenen Matte liegt er dann wie hineingeschüttet, kann sich nicht mehr rekeln, bestenfalls schaukeln. Aber das ist für seine Altersgruppe längst kein Hochgenuss mehr. Und Kinder sind nicht im Lindemann'schen Umfeld. Er ist nicht scharf auf Nachwuchs, weiß er doch durch Anschauung aus sicherer Entfernung, dass sie erst laut und klebrig sind – und schließlich bekommen sie womöglich keine Lehrstelle.

Mühsam lässt er sich aus der Matte rollen und beschließt, Entspannung in einem Liegestuhl zu genießen. So lange, bis der Kaffee gekocht werden muss, um Monika wunschgemäß zu begrüßen. Der leinenbespannte Stuhl erweist sich der menschlichen Körperform dann auch zuträglicher als die Hängematte. Nach wenigen Minuten ist Lindemann sanft entschlummert, nur einige Amseln und eine Meise staunen über das pfeifende Geräusch aus seinem Rachen.

Ein schriller Ton weckt Lindemann und er überlegt, ob der noch zu seinem wirren Traum oder doch schon zur Wirklichkeit gehört. Die Gartenpforte quietscht vernehmlich, also ist Monika da und Lindemann wird hektisch, hat er doch die selbst auferlegte Pflicht des Kaffeekochens schlicht verschlafen.

»Hallo, Lindemann.« Eine unangenehme männliche Stimme verrät, dass es noch längst nicht Zeit für Monikas Auftritt ist. Dafür steht Stokelfranz auf halbem Wege zwischen Gartenpforte und Laube. »Können Sie mir für heute Abend ein Verlängerungskabel leihen? Meins ist durchgeschmort.«

Natürlich kann Lindemann. Wenn es mehr nicht ist, um den Nachbarn zu beglücken. Er gibt dem Mann das Kabel, der sich bedankt und schnell seiner Wege geht. Lindemann schaut auf die Uhr. Es ist exakt 15.30 Uhr, also noch dreißig Minuten bis Monika eintrifft. Er füllt die Kaffeemaschine mit Wasser und filterfeinem braunen Pulver, legt den Schalter um und weiß, dass seine Arbeit wesentlich getan ist.

Wieder geht die Gartenpforte und es ist immer noch zu früh für Monika. Der Kolonievorsteher nimmt den Weg zur Laube, lacht aufmunternd und schüttelt Lindemann die Hand. Golke ist ein erfahrener Gartenpraktiker, vielleicht trägt er deshalb auch am Sonntag die Gartenarbeitshose.

»Meister Lindemann«, grüßt er überschwänglich. Für Lindemann das untrügliche Zeichen, dass der Kolonievorsteher Arbeit zu verteilen gedenkt.

»Deine Tomaten hast du schon gesetzt? Sehr schön. Und die Blumen. Es ist eine wahre Pracht. Und du duftest so herrlich nach Knoblauch.« Es ist die übliche Vorrede, der ungemütliche Teil folgt im Anschluss.

»Am Sonnabend ist Gartenfest, du weißt ja Bescheid. Wir brauchen zwischen 19 und 22 Uhr noch einen Bierzapfer. Ich dachte, das ist der maßgeschneiderte Job für dich. Wir rechnen ganz fest mit dir. Du weißt ja, da ist nicht jeder brauchbar. Wenn ich Stokelfranz anheuere, trinkt der mit jedem Kunden einen Humpen. Das kann unsere schmale Kasse nicht vertragen. Also, 19 Uhr, du löst Holbrich ab. Montag wollen wir im Vereinsheim noch mal alles durchsprechen. Organisation und so, du verstehst. Wäre schön, wenn du mal auf eine halbe Stunde vorbeikämst. Also, schönen Sonntag noch.«

Lindemann, der Pflichterfüllung als Beamter lebt, sieht sich schon die Gläser mit schäumendem Pils befüllen. Es gibt Schlimmeres im Leben, denkt er.

Dann kommt Monika, ein Bild von einer Frau. Noch ist die Beziehung so frisch, dass aus Monikas blauer Jeans und ihrem roten Pullover in Lindemanns Augen eine Galarobe wird. Die langen blonden Haare sind allein schon zum Verlieben, denkt er. Monika ist knapp vierzig, eine durch und durch sportliche Erscheinung. Lehrerin an der Grundschule Linden-Mitte. Und – für Lindemann der absolute Glücksfall: Knoblauchfan aus Überzeugung!

»Weißt du, dass du den schönsten Garten in der ganzen Kolonie hast? Die Randlage ist einfach super. Und man ist so schön durch Sträucher und Bäume abgeschirmt. Ist doch schlimm, wenn einem der Nachbar in die Kaffeetasse gucken kann«, schwärmt die Frau.

»Kaffeetasse« ist Lindemanns Stichwort und so nimmt der Sonntagnachmittag seinen erwünschten Lauf. Monika und Lindemann können nicht ahnen, dass schweres Unheil schon bald ihre Idylle in ein fahles Abseits zu verwandeln droht.

## 4.

Der alte Pastor Sauerbier vermisst die weihevollen Predigten, Taufen, Konfirmationen, Hochzeiten und Beerdigungen, die seinem Amt Würde und Ansehen verleihen. Vor zwei Jahren, er war gerade mal fünfundsechzig geworden, wurde er in Ehren verabschiedet. Er hätte nicht unbedingt gewollt, aber jüngere Amtskollegen suchten drängend eine Chance auf dem enger werdenden kirchlichen Arbeitsmarkt. Die Gesetze von Angebot und Nachfrage hatten auch bei Glauben und Gottesdienst heftige Lücken geschlagen. Beliebt bei Amtsbrüdern blieb er nur noch als Urlaubsvertretung und an höchsten Feiertagen, die Jüngere auch gern zum Feiern nutzten. Dabei waren seine Predigten höchst eigenwillig. Eine wurde gar in der Zeitung abgedruckt, die Redakteure hielten Sauerbiers Worte wohl für Realsatire:

»*Früher gingen die Leute zu Fuß. Da galt schon als welterfahren, wer fünfzig Meilen vom eigenen Dorf entfernt auf andere Menschen traf. Von Linden aus kam man höchstens mal nach Bornum, ganz Verwegene auch nach Ihme-Roloven. Später fuhren Menschen mit Pferdekutsche oder Ochsenkarren, je nach Steuerklasse. Schweine und arme Schweine – letztere waren damals fünfundneunzig Prozent der Bevölkerung – gingen weiterhin zu Fuß.*

*Schließlich wurde das Auto erfunden, allerdings nur für Reiche. Die fuhren fortan mit ihrem Rolls-Royce oder Daimler direkten Wegs in das höllische Fegefeuer. Denn, wie sagte Jesus seinen Jüngern?*

›*Wahrlich, ich sage euch: Ein Reicher wird schwer ins Himmelreich kommen. Und weiter sage ich euch: Es ist leichter, dass ein Kamel durch ein Nadelöhr gehe, als dass ein Reicher ins Reich Gottes komme.*‹

*Das macht das Kamel in einigen Weltgegenden immer noch zum bevorzugten Transportmittel.*

*In anderen Gegenden hat sich der Volkswagen durchgesetzt und auch Minderreiche motorisiert. Aber wie das immer so ist, wenn selbst der kleine Mann mal am Nektar schnuppern darf: Ja, dann wird er für unanständig erklärt oder gleich ganz verboten: Auto fahren vernichte die Umwelt, produziere Tsunamiwellen und lasse den Ätna explodieren. Ist das so? Es könnte zumindest so sein. Also hat sich die uralte Straßenbahn durchgesetzt, die nach Pferdebahnen mit ihrer* ›*Elektrischen*‹ *einen Siegeszug durch Lindener Straßen antrat und als Allheilmittel gegen Geldknappheit und Weltuntergang galt. Aber das ist auch vorbei. Jährlich werden die Fahrpreise erhöht und die Kunden mangels nötiger Hochbahnsteige schlecht behandelt.*

*Also Leute, geht wieder zu Fuß. Welterfahrung gibt es heute reichlich im Fernsehen. Dafür danken wir Gott nun durch das gemeinsame Gebet ›Vater unser, der du bist im Himmel‹.«*

Da der Altpastor auch ohne Zölibat – er ist evangelisch – ehelos lebte, konnte er nicht einmal einem treuen Weib daheim auf den Senkel gehen. So suchte er überall die Öffentlichkeit, oft auch in Lindemanns Gartenkolonie. Wenn er es nicht hörte, nannte man ihn »Hochwürden« und hatte immer einige Bierchen und Schnäpschen für den Gottesmann übrig. Überall war er ein gern gesehener angenehmer Gast. Er galt auch als anerkannte moralische Instanz. Schon sein Erscheinen trug in manchem Kreis zu einem gehobeneren Umgangston bei.

An diesem Sonntag jedoch war alles anders. Lindemann hörte den Pastor auf dem Gartenweg schreien. Das erschreckte Lindemann. Er rannte zur Gartenpforte und traf dort auf einen verstörten Sauerbier, der mit irrem Blick zum Parkplatz schaute, wild gestikulierte und – Lindemann stutzte angesichts der frühen Tageszeit – deutlich nach Alkohol roch.

»Kommen Sie, Lindemann, auf dem Parkplatz liegt ein Toter. Kommen Sie doch schnell.« Sauerbier schrie hektisch, als könne ihm der Tote noch vor dem kirchlichen Segen ins Nirwana entschwinden. Sauerbier rannte, Lindemann folgte dichtauf mit ungutem Gefühl. Der Parkplatz war voll besetzt und dennoch menschenleer, die Autobesitzer weilten alle in ihren Gärten, dösten wohl in Hängematten und Liegestühlen.

Hinter einem VW-Transporter blieb Sauerbier wie angewurzelt stehen, sah schweigend auf die liegende Gestalt eines Mannes, dem die rechte Wange durch eine tiefe blutende Wunde gezeichnet war. Der Mann schien sich an das rechte Hinterrad des Transporters zu klammern. Er war wohl Mitte vierzig, hatte aber bereits schütteres Haar. Der Anzug war von jener Sorte, die man schon mal für fünfzig Euro bei C & A bekam. Dazu trug er ein blaues Hemd und eine unmoderne bunte Krawatte. Die schwarzen Halbschuhe waren deutlich verschmutzt.

»Kennen Sie den Mann?«, wollte Sauerbier wissen.

»Nie gesehen«, entgegnete Lindemann.

»Wir müssen die Polizei rufen. Haben Sie Telefon?«

»Mein Handy liegt im Garten, kommen Sie.«

Im Sturmschritt eilten die beiden durch die ruhende Kolonie, die von der ganzen Aufregung bisher nichts mitbekommen hatte.

Im Garten brauchte der Pastor erst mal einen Schnaps. »Ein Bier gegen den Durst wäre auch nicht schlecht.« Monika servierte und bekam von Sauerbier eine erste Schilderung des Dramas. Lindemann alarmierte über 110 die Polizei. Die kündigte ihr unverzügliches Erscheinen an und befahl im Kommandoton, den Einsatzwagen auf dem Parkplatz zu erwarten.

Sauerbier schüttete das Bier wie Löschwasser in sich hinein und rannte schon wieder, Lindemann am Arm mitziehend, zum Parkplatzeingang. Monika hetzte hinterher, informierte unterwegs aufmerksam gewordene Gartennachbarn, die sich samt und sonders dem eilenden Trio anschlossen. Als die Polizei nach wenigen Minuten erschien, standen um die zwanzig

Kleingärtner zwischen parkenden Fahrzeugen und Sauerbier hatte Mühe, den Uniformierten einen Weg zum VW-Transporter zu bahnen. Er redete unentwegt, berichtete zusammenhanglos von einem Drama, dessen zentraler Ereignisort sich am hinteren rechten Rad eines ganz bestimmten VW-Transporters befand. Der Pastor drängte Neugierige beiseite und überhörte die bohrende Frage: »Wo ist denn hier ein Toter?«

Hinter dem Transporter winkte er die Polizisten heran und zeigte mit dramatischer Geste nach unten, direkt neben den Reifen. »Hier«, hauchte er kraftlos nach allen Anstrengungen der letzten Minuten.

»Was ist hier?« Die Frage des ersten Polizisten verwirrte Sauerbier, während ihn der zweite feindselig musterte. »Ich sehe nichts.« Und schließlich musste auch Sauerbier zugeben, dass er nichts sah. Jedenfalls war hier keine Leiche abgelegt, der Parkplatz diente in aller Langeweile ausschließlich seinem eigentlichen Zweck.

»Gott ist mein Zeuge. Und Herr Lindemann auch.« Der Gottesmann hob die Hand mit ausgestrecktem Zeigefinger heftig gen Himmel und die Schnapsfahne des Predigers hatte spätestens jetzt auch die beiden Polizisten erreicht.

Lindemann schüttelte erregt den Kopf. Er konnte nicht begreifen, was er sah oder besser nicht sah. Der tote Mann war verschwunden, nicht einmal geringe Spuren erinnerten an seine missliche Lage.

Die Polizisten fragten nach abfahrenden oder ankommenden Fahrzeugen auf dem Parkplatz, doch niemand wollte etwas gehört oder gesehen haben. Gruber, dessen Garten direkt neben dem Parkplatz liegt, schwor Stein und Bein, dass sich da seit mindestens einer Stunde nichts bewegt hatte.

»Hier ist für uns nichts zu tun. Und Sie, Herr Sauerbier, kommen morgen um 9 Uhr bitte zu uns aufs Revier, ein Protokoll aufnehmen. Wenn es irgend möglich ist, bitte nüchtern.«

Sauerbier winkte unwillig ab. Aus langjähriger Erfahrung wusste er, dass es Dinge zwischen Himmel und Erde gab, von denen selbst die Polizei keine Ahnung hatte.

## 5.

Montag, der peinliche Montag. Der peinlichste Montag, den sich Lindemann denken kann. Organisationsabsprache für das Koloniefest im Vereinsheim. Wenn es das nur wäre. Er wird Monika mitnehmen, das könnte die unvermeidlichen Hiebe dämpfen. Lindemann der Spinner, werden alle sagen. Der denkt sich eine blutige Leiche aus, um wichtigzutun. Dabei hat es Lindemann nicht nötig, wichtigzutun. Lindemann ist Beamter und als solcher eine wichtige Person im öffentlichen Leben. Ohne den ganzen staatlichen Apparat würde im Lande überhaupt nichts laufen, davon ist er fest überzeugt. Trotzdem, das schützt nicht vor unverdienter Häme, das wusste er. Und Hochwürden Sauerbier wird auch keine Entlastung sein, der zählte für die meisten Laubenpieper zur Folklore.

Dabei lag die Leiche auf dem Parkplatz. Lindemann war Jahrzehnte von Alzheimer oder Altersdemenz entfernt, da konnte er ganz sicher sein.

Der Arbeitstag im Amt wurde lang und länger. Aber irgendwann, nach gefühlten fünfzig Stunden, schlug die unbestechliche Wanduhr halb fünf. Er musste Sauerbier anrufen. Er musste ihn fragen, was bei der Polizei herausgekommen war.

Sauerbier meldete sich nicht. Ein Handy besaß er auch nicht, er lehnte es einfach ab. Die Gartenpieper feixten seit langem, Hochwürden hielte ein Handy für Teufelswerk. Doch Lindemann glaubte der Erklärung des Alten, dass er nicht immer und überall für jeden Dummdödel erreichbar sein müsse.

Monika rief an. Ja, sie würde kommen. Eine wild gewordene Meute Kleingärtner könne sie nicht schrecken, da habe sie in ihrem Leben schon ganz andere Sachen erlebt und Lindemann solle sich mal keine Sorgen machen.

Schließlich war es soweit. Lindemann umklammerte Monika wie einen Rettungsanker und begab sich mit ihr auf den schweren Weg zum Vereinsheim, das genau am anderen Ende der Gartenkolonie lag. Ein Spießrutenlauf vorbei an allen Gärten. Lindemann schaute betreten auf den Weg und so bemerkte nur Monika, dass sich in den Gärten nichts rührte. Entweder war der Montag kein Tag für gestandene Kleingärtner, oder alle warteten bereits hämisch im Vereinsheim auf den Auftritt des »Leichenbeschauers« Lindemann. Der gab sich einen Ruck und öffnete die Tür. Leise Radiomusik kam aus dem hinteren Teil des Raumes. Hinter der Theke stand Kolonievorsteher Dieter Golke, in der rechten Hand eine Zigarette, die linke am Zapfhahn. Vor ihm saßen Werner Holbrich mit Ehefrau Marga, Beate Sielig und Rolf Gruber, alles bekannte Gesichter aus der Kolonie. Bier- und Cola-

Gläser standen auf der Theke und zwei Aschenbecher qualmten, denn »dies ist keine öffentliche Kneipe«, wie die Raucher angesichts der Gesetzeslage immer wieder ungefragt verkündeten. Ansonsten war das Vereinsheim leer. Auf den Tischen waren Stühle gestapelt und nur über der Theke brannte das Licht der Bierreklame.

»Hallo, Meister Lindemann.« Golke tat, als sei nichts geschehen, als sei die Peinlichkeit der verschwundenen Leiche im Fernsehkrimi gelaufen und suche somit nach keiner Erklärung.

Nur Beate Sielig konnte ihre Zunge nicht im Zaum halten.

»Hochwürden Sauerbier hat wohl den Heiligen Geist gesehen«, platzte sie heraus und freute sich, als sei das ein besonders gelungener Witz.

»Vielleicht war es auch nur der Weingeist«, knurrte Rolf Gruber genüsslich.

»Wenn das der Heilige Geist war«, konterte Lindemann, »dann habe ich ihn auch gesehen. Er war nämlich einfach nicht zu übersehen. Und bei mir war noch kein Weingeist an Bord.« Monika nickte, als sei diese Art zustimmender Unterstützung ein schlüssiger Beweis.

»Wir haben aber nichts gesehen«, plapperte die Sielig dazwischen. »Kannst du das erklären?«

Lindemann schüttelte traurig den Kopf.

»Nein, es ist einfach rätselhaft. Ich kann es nur so darstellen, wie es wirklich war. Entweder ihr glaubt es oder ihr glaubt es nicht. Ich kann es nicht ändern.« Lindemann atmete tief durch. Die schlimmste Hürde am heutigen Abend schien genommen. Doch die Sielig gab nicht nach.

»Bekommt Hochwürden von der Polizei eine Anzeige?«

»Warum das?«, wollte Golke wissen.

»Na, wegen Erregung öffentlichen Ärgernisses oder wie das heißt. Irreführung der Polizei, war es das nicht?«

»Das heißt Vortäuschung einer Straftat«, bemerkte Werner Holbrich.

Lindemann wurde ungehalten. »Sauerbier hat nichts vorgetäuscht, das könnt ihr mir glauben.«

»Das soll er mal der Polizei erklären. Da wirst du auch noch einen heiligen Eid leisten müssen, damit Hochwürden seinen Kopf aus der Schlinge ziehen kann«, vermutete Gruber.

»Egal. Wie dem auch sei. Sonnabend ist Koloniefest. Lasst uns noch mal den Ablauf durchgehen und Verantwortlichkeiten festlegen.« Der Kolonievorsteher wusste, was im Leben einer Gartenkolonie wichtig war und was man nebenher am Biertisch abhandeln konnte.

## 6.

Am späten Nachmittag des Dienstags kam Sauerbier aus seiner Klausur und besuchte Lindemann. Unruhig rutschte er auf der Gartenbank hin und her, doch Lindemann vermied aus Höflichkeit ein direktes Wort zum entscheidenden Thema. Erst als der Gottesmann mit einem »Und wie steht es in der Kolonie?«, provozierte, wagte Lindemann die brennende Frage.

»Alle sind scharf darauf zu erfahren, was bei der Polizei gestern war.«

Sauerbier schaute scheinbar desinteressiert einer Kohlmeise beim Picken im Rasen zu.

»Welche Polizei und was war da gestern?«

Lindemann rümpfte die Nase und ging zu Klartext über.

»Na, der Tote auf dem Parkplatz, der sich aus dem Staube gemacht hat.«

»Mein lieber Lindemann, ich habe in meinem Leben schon so viele Tote auf ihrem letzten Weg begleitet, aber aus dem Staube hat sich keiner gemacht. Das hätte ich auch gar nicht zugelassen. Wie würde ich vor Gott dastehen, wenn ich sagte ›Herr, nimm ihn auf in deinen himmlischen Frieden‹ und dann kommt da keiner, weil er es sich vielleicht anders überlegt hat.«

Lindemann stutzte. War Sauerbier am Sonntag wirklich betrunken? Schon möglich, aber nicht so, dass er weiße Mäuse hätte sehen können. Und dann blieb da immerhin die Kleinigkeit, dass er – Lindemann – den Toten auch gesehen hatte. Und er war nicht alkoholisiert, jedenfalls nicht zum entscheidenden Zeitpunkt. Welches Spiel spielte der Pastor mit ihm? War der jetzt völlig durchgeknallt?

»Na gut, Lindemann«, lenkte der schließlich ein und prüfte mit kritischem Blick, ob seine Schuhe hinreichend geputzt waren. »Die Sache mit dem Toten ist mehr als mysteriös. Nun bin ich natürlich auch für Mysterien zuständig, aber diese Nummer geht doch über meine Hutschnur. Ich habe, kurz gesagt, mit der Polizei einen Kompromiss geschlossen. Der lautet: Jugendliche haben sich mit uns einen Spaß gemacht und eine Gummipuppe auf den Parkplatz gelegt. Durch Ablassen der Luft konnten sie die Puppe schnell und unauffällig verschwinden lassen. Damit war unser Corpus Delicti unauffindbar. Die Polizei ist mit der Erklärung zufrieden, sie steht im Protokoll, ist damit amtlich, also war es auch so.«

Lindemann, ansonsten amtlichen Protokollen blind vertrauend, protestierte vehement.

»Nein, das war keine Gummipuppe. Das war ein Mensch aus Fleisch und Blut, zumindest das, was von ihm bleibt.«

»Lindemann, was ist wahr, was ist Lüge und noch schlimmer: Was ist ein Gerücht? Hüten Sie sich vor Gerüchten. Ich habe eine Kirchengemeinde gehabt, die ist an Verleumdungen und Gerüchten gestorben. Da fragt man sich:

Wo bist du, Christ? Wo bekennst du deinen Gott? ›Du sollst nicht falsch Zeugnis reden wider deinen Nächsten.‹ Aber im Gerücht steckt doch die halbe Wahrheit, zetert der Kirchensteuerzahler. Halbe Wahrheiten sind ganze Lügen, das wüsste er, bemühte er seine Erfahrung. Aber er bemüht sie nicht und wenn doch, tröstet ihn die Ausnahme, die angeblich jede Regel bestätigt: Könnte es nicht wenigstens in diesem Fall anders sein?

Lieber Lindemann, das Gerücht kann schmeicheln, sich zu Manna verklären, es bleibt dennoch Gift, ähnlich einer ätzenden Säure, die menschliche und soziale Beziehungen zerfrisst. Es bleibt nur Staub, kein Staub, der die Jahrtausende adelt. Es ist Sekundenstaub, der keine Tradition segnet, der nur eine Fähigkeit behält: zu beleidigen, zu lähmen, zu töten.«

Dass Sauerbier nach dieser Predigt einen Schnaps brauchte, war absolut klar. Und er beruhigte seinen leidenden Gast.

»Gut, ich werde nicht zum Entstehen von Gerüchten beitragen. Aber: Was wir gesehen haben, war nicht Produkt eines Gerüchtes. Es war die reine Wahrheit. Oder besser: Es war Realität. Aber die Version mit der Gummipuppe erzählen Sie meinen Gartenfreunden. Sie kennen sich doch in der Kolonie gut aus.«

Natürlich wusste Sauerbier, wo es in der Kolonie einen anständigen Schnaps und ein kaltes Bier gab. Und es waren die Meinungsführer, die gerade diesen Stoff bunkerten. Sollte Sauerbier doch da seinen Einfluss geltend machen. Denn Lindemann war immerhin Beamter. Das Verbreiten von geschönten Tatsachen oder Halbwahrheiten konnte ihn zumindest den Kopf kosten. Da war er sich ganz sicher.

Sauerbier war nach dem dritten Schnaps wieder ganz Herr der Situation. Beim Abschied begegnete er auf dem Gartenweg einem Mistkäfer mit zuvorkommender Hochachtung.

»Jeder dumme Junge kann einen Käfer zertreten. Aber alle Professoren der Welt können keinen herstellen.«

»Ho-ho«, spöttelte Lindemann.

»Ist von Schopenhauer.«

## 7.

Am Sonnabend schmückte sich die komplette Gartenkolonie mit Wimpelketten, Fähnchen, Girlanden und bunten Glühbirnen, die auf ihren nächtlichen Einsatz warteten. In den Gärten hatten sich die Stammbesatzungen mindestens verdoppelt, denn eine Einladung zum Laubenfest war für gartenlose Stadtmenschen die Eintrittskarte ins Paradies. Auch Lindemann hatte Gäste. Da war natürlich Monika, aber die mochte er nicht mehr als Gast betrachten. Nach aktueller Gefühlslage war sie schon eher die Frau im Hause beziehungsweise in der Laube. Lindemann hatte seine Wohnungsnachbarin eingeladen, Oma Kasten aus dem ersten Stock.

Und seinen Kollegen Rudi Warnecke, dem Einzigen im Amt, mit dem sich Lindemann duzte.

Warnecke stand vor einem Apfelbaum und unterhielt sich scheinbar mit einer Amsel. Die Amsel flötete und Warnecke flötete zurück. Die Amsel ließ eine Melodie folgen, Warnecke antwortete in gleicher Tonlage.

»Was macht der da?« Oma Kasten kam der Dialog zwischen Mensch und Tier merkwürdig vor.

Lindemann grinste. »Er ist der beste Tierstimmenimitator bei uns im Amt.«

Warnecke kam an den Tisch zurück und erklärte, dass die Amsel bis zu zwölf Vogelarten nachahmen könne.

»Und du zwanzig«, ergänzte Lindemann.

»Braucht man das bei Ihnen im Amt?«, wollte Oma Kasten wissen. Warnecke war ein guter Erzähler und nutzte die unverhoffte Chance.

»Wir Menschen haben unsere Karriere dereinst als Sammler und Jäger begonnen. Alles deutet darauf hin, dass wir sie auch als solche beenden werden. Ich habe mit Leuten zu tun, die das übertreiben und denen dann ihr Haushalt über den Kopf wächst. Neben ihrer Sammelleidenschaft vernachlässigen die alles: Wohnung, Kinder und sich selbst. Wir nennen sie im Fachbegriff dann Messies. Letzte Woche hatte ich einen leidenschaftlichen Messie. Der meinte: ›Alles hat den Drang, sich zu entfernen. Sammler holen es zurück. Sammler jagen raren Schätzen nach.‹ Und dann wird es zur Sucht.«

Was Messies denn so alles sammelten, wollte Oma Kasten wissen.

»Kirchenglocken, Spazierstöcke, Dunstabzugshauben, Postkutschen, Tauchsieder, Pulswärmer, Zipfelmützen, Zimbeln, Doktorhüte, Payback-Punkte, Bonusmeilen, Ideen. Messies neigen zum Sammeln von Sachen, die ihre Mitmenschen oft als wertlos ansehen und wegwerfen würden.«

»Und was machen sie dann mit ihrer Sammlung?«

»Sie hüten ihre Schätze. Die Betroffenen sind meistens unfähig, den realen Wert dieser Gegenstände einzuschätzen, zwischen wichtig und unwichtig, brauchbar und unbrauchbar zu unterscheiden. Im Extremfall führt die Unordnung dazu, dass größere Bereiche der Wohnung nicht mehr betretbar sind. Manchmal verbleiben nur noch enge Fußwege zwischen großen Haufen, Kisten und Säcken. Schließlich kann es zur Unbewohnbarkeit der Wohnung kommen. Dann kommen wir ins Spiel. Oft erst nach dem Ableben der Messies. Wir suchen dann mögliche Erben. Erben taxieren nur den Wert. Verkaufen? Entmüllen? Museum gründen? Letzteres erfreut sich übrigens wachsender Beliebtheit, weil es staatlich gefördert wird.«

Lindemann zwinkerte Oma Kasten zu. »Hört sich ein wenig nach Stokelfranz an …«

Oma Kasten nahm die Vorlage nicht an. »Wir haben damals auch alles gesammelt, es gab doch nichts. Alles musste man selber machen, basteln, bauen, reparieren. Man konnte einfach nichts wegwerfen. Niemand wusste, ob nicht gerade dieses Stück irgendwann gebraucht würde.«

Lindemann war klar, dass Oma Kasten mal wieder das dramatische Jahrzehnt zwischen 1940 und 1950 bemühte, und er wusste aus Erfahrung, dass manche Ältere diese Jahre bis gegen 1990 ausgedehnt hatten. Oma Kasten gehörte dazu.

»Aber ein Museum?« Die alte Nachbarin setzte nach. »Ein Museum hätte ich aus meinen Sachen nicht gemacht. Die gehen doch niemand etwas an.« Damit war das letzte Wort zum Thema gesprochen.

## 8.

Gegen 17 Uhr sammelten sich die Kolonisten mit Gästen langsam im Vereinsheim. Angesichts schöner Witterung waren Bänke und Tische auch vor der Tür im Freien aufgebaut. Am Eingang zum Parkplatz stand ein fahrbarer Bierpilz, der schon zu dieser frühen Stunde dicht umlagert war. In der ersten Reihe blockierte Pastor Sauerbier den reibungslosen Verkauf von Bier und Schorle, weil er sich hier festgeklammert hatte. Ein idealer Platz für den Gottesmann, kam doch so ziemlich jeder irgendwann an ihm vorbei und beim Warten auf die Vollendung des Gezapften blieb Zeit für einen kurzen Plausch. Mit großen Worten lobte Sauerbier vor allem die Taten der zahlreichen ehrenamtlichen Helfer, die das Rückgrat dieser Party waren.

»Etwas um einer Sache willen tun hat auch immer etwas vom Tun für die eigene Sache«, dozierte er. Alle lächelten freundlich, doch offensichtlich hörte kaum einer richtig zu.

»Menschliche Zufriedenheit erwächst nicht aus dem Sechser im Lotto, sie erwächst aus Genugtuung am eigenen Handeln. Armselig ist nur, einfach so dahinzuleben, Tag für Tag abzuhaken, den Sinn des Lebens darin zu sehen, dem kleinen persönlichen Vorteil nachzujagen. Der Schnäppchenjäger ist der moderne Ritter von der traurigen Gestalt.«

Starker Tobak für Laubenpieper, die noch vor nicht allzu langer Zeit der Parole »Geiz ist geil« im Baumarkt nachgejagt waren.

»Was Hochwürden so redet«, meinte Gruber grinsend.

»Ja, aber recht hat er«, erwiderte Holbrich, der gerade ehrenamtlich zapfte.

»Ganz viel recht hat er. Massenhaft«, bestätigte Gruber.

Um 19 Uhr begann Lindemanns Schicht. Holbrich hatte eben noch ein frisches Fass angeschlossen. Mit Lindemann betrat die Sielig den fahrbaren Bierausschank und beide einigten sich auf rationelle Bierversorgung: Die Sielig nahm Bestellungen entgegen und kassierte, Lindemanns Part war die massenhafte Produktion von einigermaßen gut gezapftem Pils. Flaschengetränke wie Mineralwasser, Cola und Brause erledigte die Sielig nebenher. Schnäpse hatte Holbrichs Schicht vorgeschenkt, ein ganzes Tablett voll »Bismarck«. Auf diesen Doppelkorn schienen sich alle Schnapsdrosseln geeinigt zu haben.

Gegen acht erlebte Lindemann eine erste Verschnaufpause. Der größte Durst der Anfangsphase schien gelöscht und die Kleingärtner erschienen nur noch vereinzelt an der Theke. Kolonieleiter Golke nutzte die Chance, zwischen seinen zahlreichen Pflichten nun auch ein Bier und einen Schnaps in aller Ruhe zu genießen. Lindemann zündete sich einen Zigarillo an, schaute auf das bunte Treiben seiner Gartenfreunde und nahm die Geräuschkulisse kaum noch wahr, die sie dabei verursachten. Doch plötzlich stutzte er. Da erhob sich an einem entfernten Tisch ein Mann und ging langsam auf den

Eingang des Vereinsheims zu, wo sich auch die Toiletten befanden. Lindemann wusste nur zu gut, wer der Mann war, und sein Puls fing an zu rasen. Er stieß Golke an. Die Stimme versagte ihm und er konnte nur noch krächzen: »Schau mal, der Mann dort.«

Golke drehte sich um, konnte aber im allgemeinen Gefeiere keinen Mann ausmachen, den Lindemann für besonders erwähnenswert hielt.

»Das ist er«, schrie Lindemann, dem die Stimme zurückkam.

»Wo ist wer«, fragte Golke genervt.

»Der Tote.«

Nun drehte sich Golke mit einem Ruck um. Ein Toter? Auf seinem Fest? Das konnte nicht sein, das durfte nicht sein, das war sowieso ausgeschlossen. Man hatte schließlich seine langjährigen Festerfahrungen. Tote waren Bier- und Schnapsleichen, die traten aber selten vor zwei Uhr morgens auf. Und jetzt war es gerade mal acht Uhr am Abend.

Lindemann bemerkte, dass seine Information für Nichteingeweihte kaum verständlich sein dürfte und ergänzte: »Der Tote vom Parkplatz.«

Golke fixierte die Tische und konnte nur fröhliche Feierstimmung ausmachen. Da war niemand und nichts tot. Nicht einmal Hochwürden war vom Stuhl gefallen. Der saß mit zwei Getreuen an einem Tisch und predigte. Die restlichen Nachbarn hatte er offensichtlich schon weggeredet. Der Mann war manchmal auch einfach zu nervig.

»Da ist kein Toter, Lindemann. Gehen dir die Gäule durch?«

»Doch ich habe ihn genau gesehen, er ist ins Heim gegangen, vielleicht zur Toilette.«

»Was Tote ja üblicherweise so tun«, unkte Golke.

»Du musst mich eben mal vertreten, komm mal an den Zapfhahn. Das will ich jetzt aber wissen«, beschwor Lindemann seinen Kolonievorsteher.

Golke war in seinem Kern ein gutmütiger Mensch. Wenn Lindemann wandelnde Tote suchen wollte, sollte er es tun. »Aber höchstens zehn Minuten. Ich muss mich um die Musiker kümmern«, gab er ihm mit auf den Weg.

Lindemann rannte zu Sauerbier und riss ihn geradezu vom Stuhl.

»Unser Toter vom Parkplatz ist gerade ins Vereinsheim gegangen. Kommen Sie.«

»Die Gummipuppe geht zum Klo«, konstatierte der Pastor.

»Quatsch, Gummipuppe. Der ist aus Fleisch und Blut wie wir«, widersprach Lindemann.

»Dann ist er auch nicht tot. Tote gehen nicht zum Klo. Ich müsste es wissen. Ich habe schon so manche Beerdigung …«

»Ja, ja, ja«, unterbrach Lindemann den beginnenden Wortschwall des Pastors. »Das stellen wir mit ihm gemeinsam fest.«

Im Vereinsheim saßen einige wenig Wetterfeste an langen Tischen. Lindemann schaute sich jeden Einzelnen genau an. Kein Ergebnis. Blieben nur die Toiletten.

»Kommen Sie in die Toiletten. Sie nehmen ›Damen‹, ich ›Herren‹,« kommandierte Lindemann.

»Das könnte Ihnen so passen. Das machen wir genau umgekehrt. Ich ›Herren‹, Sie ›Damen‹.« Lindemann wusste, dass gegen das Machtwort des Pastors kein Kraut gewachsen war, und so beschied er sich in die Aufgabenteilung.

Der Gang zu beiden Toiletten war leer. Lindemann betrat

zögernd die Damentoilette. Auch leer. Doch dann öffneten sich zeitgleich beide Kabinen. Aus der einen kam Marga Holbrich und aus der anderen Monika. Seine Monika. Die Frauen stutzten.

»Mein Gott, Lindemann, sie kommt ja wieder, du musst ihr doch nicht bis ins Klo folgen. Irgendwo haben wir Frauen doch auch noch unseren Intimbereich«, moserte die Holbrich. Monika schaute staunend auf Lindemann.

»Was soll denn das nun wieder?«

»Ich suche den Toten.«

»Auf der Damentoilette? Bist du da schon öfter fündig geworden?«

»Sauerbier sucht ihn auf dem Herrenklo.«

»Na klar, was sollte ein pensionierter Pastor auch sonst tun. Pass mal auf: Du trinkst jetzt kein einziges Bier und keinen Schnaps mehr. Sonst wird es noch peinlich vor den Damen der Kolonie.«

Im Gang trafen sie Sauerbier.

«Alles voll, aber kein Toter«, berichtete der.

Monika verzog die Augenbrauen und dachte nach. Was mochten Lindemann und der Pastor getrunken haben? Oder waren gar illegale Drogen im Spiel?

»Das gibt es nicht, ich habe ihn hier reingehen sehen. Ich irre mich nicht.«

»Dann war es eben doch eine Gummipuppe«, schlug Sauerbier vor, der endlich wieder zu seinem Bier und seinem Schnaps zurückzukehren wünschte.

# 9.

Einige Kilometer von Linden entfernt residieren die örtlichen Zeitungsmonopolisten, die mit einer bunten Mischung von Blättern so ziemlich jeden Geschmack treffen. In Lindemanns Gartenkolonie war der wöchentlich erscheinende *Lindenkurier* besonders begehrt, berichtete er doch über alles Wichtige und eine Menge Unwichtiges aus dem Kiez. Da wurde auch schon mal der Kleingärtner mit dem dicksten Kürbis abgebildet oder der Neubau eines örtlichen Großmarktes gefeiert. Der *Lindenkurier* finanzierte sich durch Anzeigen und konnte somit kostenfrei an alle Haushalte verteilt werden.

Die eben erschienene neueste Ausgabe machte Lindemann allerdings sprachloser als jede Ausgabe zuvor. Er hatte sich die Lektüre für den Garten aufgehoben. Gleich auf der ersten Seite wurde der Verlust des Chefredakteurs beklagt, er werde seit zwei Wochen vermisst und ob jemand sachdienliche Angaben machen könne. Dazu ein Foto des Journalisten. Das Foto warf Lindemann aus der Bahn. Es zeigte niemanden anders als den unsäglichen Toten oder Lebenden, der seit einigen Tagen Lindemanns Leben durcheinanderbrachte. Lindemann starrte das Bild an, prüfte jede Falte und jede Pore, verglich mit dem Bild in seiner Erinnerung, sah deutlich den Toten auf dem Parkplatz und den Lebenden auf dem Gartenfest. Kein Zweifel, das war der Mann. Entschlossen nahm Lindemann die Zeitung und ging den Gartenweg entlang. Wo immer er einen Laubenpieper sah, zeigte er das Blatt und fragte nach dem abgebildeten Mann. Mehr als die Hälfte der Angesprochenen konnten sich dunkel daran erinnern, dass der Typ beim Gartenfest war. Niemand konnte sich erinnern, wer ihn eingeladen hatte. Einige meinten, der sei irgendwann plötzlich verschwunden, man habe ihn später nicht mehr gesehen und da man ihn nicht kannte, auch nicht nach seinem Verbleib geforscht. Der soll seit zwei Wochen verschwunden sein? Das konnte niemand auf die Reihe bringen.

Lindemann konfrontierte Golke mit der Zeitung und den Aussagen zahlreicher Gartenfreunde. Golke schaute sich das Bild an und meinte schließlich auch, den Mann irgendwann an einem der Tische draußen gesehen zu haben.

»Wenn das dein Toter war, ergeben sich mehr Fragen als Antworten.« Golke schaute unglücklich zu Lindemann. »Dass einer erst tot und dann lebendig ist, kann man schon nicht durchgehen lassen. Das geht nach aller menschlichen Erfahrung nur umgekehrt. Dass dieselbe Person zudem vor zwei Wochen verschwunden ist, aber vor zwei Tagen bei uns gefeiert hat, reimt sich auch nicht zusammen. Dass er dann in unser Vereinsheim geht und sich dort in Luft auflöst … Mann, Lindemann, das kauft uns keiner ab.«

»Das habe ich auch schon gemerkt. Aber was soll ich tun?«

Golke war ein entschlussfreudiger Mensch.

»Pass auf, du rufst die Redaktion an und sagst, du meinst den Mann bei unserem Fest gesehen zu haben. Vergiss die Geschichte mit dem Toten, die halten dich sonst für bekloppt. Ich gehe nachher noch mal durch die Gärten, wenn alle da sind. Wollen doch mal sehen, wer den kennt oder eingeladen hat. Wie heißt er überhaupt?«

Erst jetzt wurde Lindemann klar, dass ihn das Foto und der Hinweis »Vermisst« davon abgehalten hatte, den Namen zur

Kenntnis zu nehmen. Mike Pantel, das war der Name, sechsundvierzig Jahre alt, verheiratet, zwei Kinder. Also waren da auch noch Angehörige, die jetzt in Angst und Schrecken lebten. Sollte Lindemann die auch informieren? Er verwarf den Gedanken, weil er ihm unangenehm war. Er sah eine weinende Frau und schluchzende Kinder und dazwischen Lindemann als Überbringer einer dubiosen Botschaft. Die Redaktion könnte das mit der Familie übernehmen, entschied er.

Als Lindemann am Telefon nach einem Verantwortlichen fragte, wurde er mit dem Redaktionsvolontär verbunden. Er sei im Moment ganz allein in der Redaktion, werde die Meldung aber sofort am nächsten Morgen an seinen Chef weitergeben und Lindemann würde von dem hören, vorausgesetzt er teile ihm jetzt seine Telefonnummer mit. Lindemann nannte die Handynummer und war froh, die erste Hürde genommen zu haben. Am Abend suchte er noch einmal Golke in seinem Garten auf. Ja, meinte der, er habe mit allen gesprochen, die beim Fest waren. Aber den Mike Pantel kannte keiner und eingeladen habe ihn daher erst recht niemand.

Ab acht Uhr am nächsten Tag wartete Lindemann im Amt darauf, dass sein Handy klingelte. Gegen elf Uhr wurde er erlöst. Ein Gerold Wimmer vom *Lindenkurier* setzte Lindemann einem gnadenlosen Verhör aus. Lindemann trat Schweiß auf die Stirn, er rang um jedes Wort, immer wieder von Golke ermahnt, nichts von einem Toten zu erzählen. Nach einer halben Ewigkeit meinte Lindemann, auch die zweite Hürde genommen zu haben. Der Anrufer erklärte zum Schluss ziemlich befehlsgewohnt, noch am späten Nachmittag den Volontär in seinen Garten zu schicken. Der heiße

Hans Karwehl. Folgsam nannte Lindemann den Namen seiner Gartenkolonie, die Lage seines Gartens und die Gartennummer, die an der Eingangspforte deutlich zu erkennen sei.

Lindemann rief Monika an und bat um dringenden Gartenbesuch und Beistand in schwieriger Mission. Außerdem wollte er sich die Unterstützung Golkes sichern. Presse, da war sich Lindemann ohne jede Erfahrung sicher, Presse war schlimmer als Polizei. Denn Presse brachte alles auf den Tisch, um ein lüsternes Publikum zu füttern. Womit füttern? Im Zweifel genau mit ihm, mit dem Beamten und Kleingärtner Lindemann.

## 10.

Hans Karwehl entpuppte sich als unangenehmes Großmaul, kaum über zwanzig, aber scheinbar mit allen Wassern gewaschen. Lindemann wunderte sich, dass der ununterbrochen Fragen stellte, obwohl er alles besser wusste und sich somit die Antworten selber geben könnte. Zwischendurch zückte er eine kleine Digitalkamera und schoss einige Fotos von Lindemann und seinem Garten. Als der sein Unbehagen ausdrücken wollte, wischte der Volontär jeden Einwand vom Tisch. »Das tut doch gar nicht weh. Ist auch schon passiert«, verkündete er vorlaut.

»Der Chef hat sich am Ende also in Luft aufgelöst oder ist durch die Toilettenspülung entkommen, wenn ich Sie richtig verstehe«, höhnte der Volontär. Das war die Stelle, wo Monika eingriff.

»Es ist alles gesagt, mehr wissen wir nicht. Nutzen Sie die Zeit und gehen Sie.«

Unbetroffen nickte der Zeitungsmann, packte Block, Kugelschreiber und Kamera ein und verkündete, nun noch einige andere Kleingärtner nach deren Erkenntnissen zu befragen. Außerdem müsse er mit dem Kolonieleiter über den versifften Teich nebenan reden. Das sei immerhin eine so giftige Brühe, dass man alle Kleingärtner und jeden Menschen im Stadtteil davor warnen müsse.

»Mehr in der nächsten Ausgabe des einmaligen *Lindenkuriers*«, versprach er und verschwand mit einem kurzen fremdländischen Gruß, wie er unter jungen Leuten offensichtlich üblich war.

Lindemann schaute Monika an, Monika war wie vom Schlag getroffen.

»Der Teich nebenan? Der ist keine fünfzig Meter entfernt. Das Froschgequake ist ja nicht zu überhören. Meint er wirklich den Teich?«

Lindemann schaute bitter. »Es gibt hier nur den einen Teich. Gemunkelt wurde immer mal, dass der nicht in Ordnung ist. Unter Hundehaltern geht der Ratschlag rund, ihre Tiere dort nicht trinken zu lassen. Das habe ich schon vor einiger Zeit gehört.«

»Und was ist mit den Fröschen?«, wollte Monika wissen.

»Die gehören keinem und die kümmern keinen. Enten schwimmen da übrigens auch.«

»Wie kann denn ein Teich versiffen?« Monika wollte nicht realisieren, dass eine tickende Zeitbombe ihr neu gefundenes Idyll bedrohte.

»Weil da jemand giftigen Sondermüll verschwinden lässt.

Das ist schon oft genug passiert. Und eben nicht nur im ›Tatort‹, auch und gerade in der Wirklichkeit.«

»Aber da muss doch die Polizei …«

»Wo kein Kläger ist, gibt es auch keinen Richter. Aber warte mal ab. Wenn das im *Lindenkurier* steht, springen die Politiker im Sechseck.«

## 11.

Skat ist das Lieblingsspiel der Kleingärtner. Manche meinen, Schach sei ihnen zu kompliziert und nur etwas für gebildete Leute, doch gebildete Leute sind unter Kleingärtnern keineswegs selten und auch die spielen lieber Skat. Der Grund ist natürlich unbekannt und eigentlich ist es auch egal, weil Tatsachen eben Tatsachen sind, auch wenn sie keiner beweist. Lindemann hatte vor Jahrzehnten als Schüler eine heftige Auseinandersetzung mit seinem Mathematiklehrer, weil er die Behauptung, nach der sich Parallelen in der Unendlichkeit schneiden, nicht nachvollziehen mochte. Wer könne das beweisen? Was ist überhaupt die Unendlichkeit? Nach wie vielen Kilometern oder Lichtjahren rechnen wir nicht mehr mit konkreten Zahlen, sondern sprechen von Unendlichkeit? Fragen über Fragen, auf die auch der Mathematiklehrer keine überzeugenden Antworten kannte. Vielleicht war das auch eher ein Thema für Hochwürden Sauerbier, der für seine Lieblingsthemen Gott, Schöpfung, Seele und Auferstehung auch keine nachprüfbaren Beweise lieferte. Dennoch galt er allenthalben als gebildeter Mann, vielleicht etwas verschroben und weltfremd, aber dumm, das war allen klar, dumm war Sauerbier nicht.

Natürlich spielte Sauerbier Skat und nicht Schach. Das tat seinem Ansehenspegel gut. Vor allem bei Golke, der in seinem Garten regelmäßige Skatabende veranstaltete und mindestens zweimal im Jahr zum Preisskat ins Vereinsheim einlud.

Lindemann war nur gelegentlicher Skatspieler, nicht sonderlich erfolgreich, weil er sich nie merken konnte, welche Karten schon gespielt waren und welche seine Gegner noch im Hinterhalt warten ließen. Bei Golke war er häufig als vierter Mann gefragt. Der vierte Mann, so der Kolonieleiter, sei so etwas wie die Fernsehwerbung. Man könne mal aussetzen, ohne etwas zu versäumen, durfte unbedrängt aufs Klo oder ein frisches Bier aus dem Kühlschrank holen.

So ein Tag war wieder mal angesagt. Lindemann war zwar mit Monika verabredet, aber die wurde gleich in die parallel tagende Damenrunde integriert, die am Nebentisch in Golkes Garten Kaffee trank und über schier endlosen Gesprächsstoff verfügte. Unbestrittene Anführerin war Golkes Frau Trude. Sie erinnerte Lindemann an einen Hai. Keinen menschenfressenden weißen Hai, eher an einen, der Schwimmern und Tauchern nicht nach dem Leben trachtete. Haie müssen sich ständig bewegen, weil sie sonst ersticken, hatte Lindemann in einem Fernsehbericht erfahren. Und dass sie wahre Fressmaschinen sind, wusste jedes Kind. Trude Golke bewegte sich fast ständig, trotz ihrer Leibesfülle. Sie stopfte auch ständig etwas in sich hinein: Brot, Kuchen, Plätzchen und war immerzu am Reden. Manchmal tat sie beides gleichzeitig, sie aß und redete, verschluckte sich nicht selten, rang dann nach Luft und konnte nur durch neuerliche Bewegung dem Erstickungstod entkommen.

Golke, Hochwürden und Rolf Gruber waren die aktuelle Stammbesatzung, dazu Lindemann, der immer mit der Beklemmung spielte, nur keine peinlichen Fehler zu machen. Die Regeln wurden eisern eingehalten und wenn Lindemann auch nur einmal nicht bediente, schmissen die anderen ihre Karten auf den Tisch, erklärten das Spiel für Lindemann verloren. Dann war eine Schnapsrunde fällig. Ansonsten spielte man geldschonend 500-Datum. Wie jedermann weiß, heißt das, wer als Erster die Menge von 500 plus Tagesdatum an Minuspunkten erreichte, musste eine Runde Flaschenbier zahlen.

Lindemanns Stimmung hob sich, als er merkte, an diesem Tag wohl nicht Zahlmeister der Nation zu sein. Einige Male war er mit Buben und Assen verwöhnt worden, was zu vielzählenden Grands berechtigte. Und einmal hatte sich Rolf Gruber total vergeigt, mit Kontra und Re verloren, was allein für eine verlorene Runde reichte. Man trug es mit Gelassenheit, und die skatüblichen Nörgeleien »Du hättest das Kreuzass spielen müssen und nicht die Pikdame« waren von Golke kraft seiner Autorität strikt verboten worden.

Als die Konzentration nach zahllosen Bier- und Schnapsrunden nachließ, sah Sauerbier seine Stunde gekommen. Er schob das Skatblatt nach einer vollendeten Runde beiseite und begann mahnend zu predigen.

»Die Schöpfung ist in Gefahr. In der Schrift heißt es: ›Macht euch die Erde untertan.‹ Von Zerstörung ist keine Rede.«

»Das Stück Schöpfung in meiner Verantwortung ist unzerstört«, warf Golke ein und zeigte mit einer ausladenden Armbewegung über seinen Garten.

»In China und Russland soll es schlimmer aussehen«, wagte Gruber zu bemerken.

»Ja«, dozierte Sauerbier, »aber die Einschläge kommen näher.« Er war nie Soldat gewesen, hatte den zivilen Ersatzdienst vorgezogen, liebte aber zuweilen markige Sprüche.

»Der Teich nebenan. Was wisst ihr über den Teich?«

Gruber schaute verdutzt. »Nun, das Froschgequake deutet auf die Fortsetzung des Lebens hin.«

»Da sollen irgendwelche Giftstoffe entsorgt worden sein«, warf Lindemann vorsichtig ein.

»Richtig«, stimmte Sauerbier zu.

»Das sind doch nur Gerüchte«, wiegelte Gruber ab.

»Die Gerüchte stinken zum Himmel. Da ist mehr dran. Ich weiß es aus sachkundigen Kreisen«, belehrte der Gottesmann die Runde.

Hochwürden und sachkundige Kreise? Eine Runde verkalkter Theologen, die aus der Bibel Antworten auf Fragen von heute ziehen wollten?

»Gerold Wimmer hat es mir gesagt. Das ist der jetzige Redaktionschef vom *Lindenkurier*. Und wenn der schon so etwas sagt, dann weiß er auch etwas.«

»Sie kennen den Typen von der Zeitung?«, fragte Golke ungläubig.

»Kennen ist gar kein Ausdruck. Ich habe den konfirmiert. Ist schon eine Zeit lang her, jedenfalls kann ich mich gut an ihn erinnern. Und der hat mich sofort erkannt, als wir uns beim Limmerstraßen-Fest trafen.«

Sauerbier wartete die Wirkung seiner Worte ab. Er fühlte sich im Besitz eines unschlagbaren Grands mit Vieren.

»Nun ja, Wimmer war ein Tunichtgut, der konnte nicht einmal fehlerfrei das Vaterunser. Und immer hinter den Mädchen her, mit vierzehn! Ja ja, aber der Taugenichts hat es doch wohl zu etwas gebracht. Eine späte Wirkung der Unterweisung in Gottes Wort.«

Golke musste sich das Lachen verkneifen. Er wusste, dass Sauerbier das wirklich meinte.

»Wartet es ab. Der Teich bedroht alle. Da wird es ein böses Erwachen geben.«

Lindemann fröstelte trotz der warmen Temperatur.

»War der Redaktionslehrling auch bei Ihnen?«, wollte Golke von Sauerbier wissen. »Ich meine, die Sache mit dem verschwundenen Chefredakteur.«

»Ein unmöglicher Mensch. Schmeißt mir die Kippe vor die Füße, kannte nicht einmal das erste Gebot und hielt die Arche Noah für ein Lokal im Rotlichtviertel. Ich habe ihn rausgeschmissen. Der zahlt sowieso keine Kirchensteuer.«

## 12.

Am folgenden Tag, es war ein Freitag, starb Monikas Tante. Sie war erst zweiundsechzig und es hätte an ihrer Stelle auch jeden anderen in der Stadt treffen können. Aber es war sie, Ingrid Fassbinder, die exakt um 14.15 Uhr die Straße zwischen Markt und Post überquerte. Die Ampel zeigte Grün und so schien nichts den Weg der Frau zu gefährden. Es war ein monströser Lastwagen, der beim scharfen Bremsen einen Teil seiner Ladung verlor. Die Frau wurde glatt erschlagen. Monika war klar, dass eine Debatte über die Schuldfrage müßig war. Manche Schuld ließ sich begleichen, man konnte sie auf den Cent genau zurückzahlen, nur der Tod ließ sich auf kein Geschäft ein. Er war die Unwiderruflichkeit in Person. Lindemann litt wie Monika. Er litt wegen Monika und er litt, weil er die Frau vor einiger Zeit kennengelernt hatte. Sie war sympathisch, sah gut aus und war … nun, sie war eben Monikas Tante. Deren Mutter war früh verstorben, so war die Tante an ihre Stelle getreten. Und sie hätte ihn sicher gern als Familienmitglied akzeptiert, da war sich Lindemann ganz sicher, zumal ihn Monika in dieser Ansicht mehrmals bestärkte. Einen Mann im Haus oder zumindest in der Familie vermisste die Frau seit ihrer Scheidung. Monikas Onkel war schon vor zwanzig Jahren in eine andere Stadt gezogen, um dort eine neue Familie zu gründen. Ingrid Fassbinder hatte das nie ganz verkraftet und so fehlte ihr der Wille, eine eigene neue Beziehung einzugehen.

Der schmerzliche Verlust sprach sich schnell im Kiez herum. Vor allem die ungewöhnlichen Umstände ergaben viel Gesprächsstoff. Und so blieb es nicht aus, dass Hochwürden Sauerbier am Sonntag in Lindemanns Garten erschien, um zu kondolieren. Niemand konnte das besser als der Geistliche.

Lindemann versuchte das Unfassbare in Worte zu bringen.

»Lieber Sauerbier, wir haben doch ein gesichertes Rechtsempfinden. Es basiert wesentlich darauf, dass die Guten belohnt und die Bösen bestraft werden. Warum sterben Gerechte früh und Ungerechte werden in Wohlstand neunzig Jahre? Warum bekommt einer Krebs und der andere kennt einen Arzt nicht mal dem Namen nach?«

»Tja, die Wege des Herrgotts sind uns verschlossen.«

»Die Bibel feiert doch geradezu die Ungerechtigkeit«, warf Monika ein. »Kain erschlug Abel. Doch zuvor hatte Gott sich ohne erkennbaren Grund für Abel und gegen Kain entschieden. Oder der verlorene Sohn. Der verlässt das Elternhaus, benimmt sich unmöglich, während sein Bruder das genaue Gegenteil ist. Aber der Rückkehrer wird schließlich gefeiert und der beständige Sohn beiseitegeschoben. Und so weiter, und so weiter.«

Sauerbier litt sichtbar unter den Worten. Die Gedanken und Fragen waren ihm nicht fremd.

»Gottes Wege und Gottes Gerechtigkeit sind für uns Menschen nicht erfahrbar. Aber vergessen Sie nicht, dass wir Gottes Geschöpfe sind.«

»Gerade dann stellt sich die Frage nach dem Warum.«

»Gott will uns prüfen. Hinter allem steckt ein großer Sinn, aber den können wir nicht entschlüsseln. Da bleibt nur Gottvertrauen. Was hätten wir denn sonst?«

Sauerbier war in sich zusammengesunken und sprach offensichtlich ein unhörbares Gebet.

## 13.

Dienstag, der Tag des *Lindenkuriers*. Manchmal bot er kaum Anlass zu Unterhaltungen, nun fetzte aber die neuste Ausgabe wie Blitz, Donner und Hagelschlag in die Gartenkolonie und alle menschlichen Siedlungen ringsum.

Ja, eine Menge Leute hatten den verschwundenen Chefredakteur bei einem Koloniefest gesehen. Bis zum Ende war er nach Meinung aller Befragten wohl nicht geblieben. Doch einer sah mehr als weiße Mäuse: Kleingärtner Lindemann. Wie man aus Koloniekreisen erfuhr, hatte der Mike Pantel sogar erst als toten und dann als feiernden Gast gesehen. Zudem beschwor dieser Lindemann Stein und Bein, beim Koloniefest habe sich der Gesuchte auf der Toilette in Luft aufgelöst. Irgendwie sei auch der bekannte Expastor Sauerbier in die Sache verwoben. Wenn es nicht so ernst wäre, könnte man herzlich darüber lachen und einen Exorzismus empfehlen. Oder strikte Abstinenz. Aber immerhin sei der redaktionelle Chef des *Lindenkuriers* bis dato nicht wieder aufgetaucht. Weder tot noch lebendig.

Zum Artikel gab es ein Foto, das Lindemann wild gestikulierend in seinem Garten zeigte. Der Artikel stand gnädigerweise nicht auf der Titelseite, sondern auf Seite zwei. So wichtig war der Redaktionsvolontär im Gefüge des *Lindenkuriers* wohl nicht.

Die Seite eins brachte einen ganz anderen Hammer. Als überdimensionierte Schlagzeile stand da: »Versiffter Teich bedroht Mensch und Tier.« Dazu war ein Farbfoto vom Teich abgedruckt, auf dem ein schwarzes Fass schwamm. Daneben stand ein namentlich nicht benannter Mann, der seinen Schäferhund an kurzer Leine hielt und mit dem Finger auf die Tonne wies.

Im Artikel wurde definitiv behauptet, dass im Teich illegal Sondermüll deponiert worden und eines der Fässer ausgelaufen sei, was zur Schädigung des Gewässers führte.

Dieser Aufmacher war ein wahres Glück für Lindemann. Keiner hielt sich mit der Schmähung Lindemanns auf. Allein Sauerbier rannte tobend mit der Seite zwei durch die Kolonie, während alle anderen ausschließliches Interesse am versifften Teich bekundeten.

Lindemann hielt Monika die Zeitung hin. »Ich habe es dir gesagt. Das mit dem Teich pfiffen die Spatzen von den Dächern. Jetzt ist die Bombe geplatzt. Was sagen die Politiker nun? Was macht die Polizei?«

»Tut mir leid. Das ist im Moment nicht mein Thema. Meine Tante, du weißt schon. Ich brauche jetzt ein paar Tage Ruhe. Die Polizei ermittelt immer noch, warum sich die Ladung auf dem Lastwagen gelöst hat. Sei nicht böse, ich rufe dich an, muss mich erst mal um die Beerdigung kümmern.«

Lindemann war peinlich berührt. Wie konnte er vergessen, dass Gram und Trauer näherlagen als der nahe Teich. Er umarmte Monika, streichelte sie zärtlich und sah ihr lange nach, als sie den Gartenweg entlangging.

Warum löst sich die Ladung eines Transporters, fragte sich Lindemann. Die Antwort war nicht schwierig. Weil sie nicht ordentlich verzurrt war, vermutete er. Monikas Tante könnte also noch leben, wenn die Leute ihre Arbeit ordentlich gemacht hätten. Ganz bestimmt gab die Polizei keine Ruhe, ehe das nicht genau geklärt war.

Wie die Tageszeitungen am nächsten Tag berichteten, hatte die Polizei in Sachen Lkw erste Ermittlungsergebnisse. Er gehörte einer Spedition in Braunschweig und sollte einer Baufirma in Linden Zement und Steine bringen. Äußerlich war die Ladung verzurrt, aber innen drin klafften Lücken. In der Mitte der Ladefläche waren Freiräume, die den Transport instabil werden ließen. Ansonsten blieben die Zeitungsartikel vage.

# 14.

Die Politik begann zu rumoren. Der Lindener Bezirksrat beklagte sich bitter, von der Stadtverwaltung nicht informiert worden zu sein. Die Verwaltung konterte, die Kleingärten befänden sich in Obhut und Verantwortung des Kleingärtnervereins, Gleiches gelte auch für den Teich, da der Verein die Pflege der öffentlichen Grünanlagen in seinem Einflussbereich übernommen habe. Der Kleingärtnerverein protestierte empört, da er nur Pächter des Bodens sei und für die ökologische Qualität desselben nicht in Haftung genommen werden könne.

Um Haftung gehe es gar nicht, lenkte die Verwaltung schließlich ein, aber jetzt sei gemeinsames Handeln gefragt.

»Typisch Verwaltung«, kommentierte Golke.

Als eine Öko-Bürgerinitiative Flugblätter verteilte und den Lindener Teich als lokales Beispiel für die globale Katastrophe in Anspruch nahm, wurde gehandelt. Ein stabiler Maschendrahtzaun, zweimeterfünfzig hoch, versperrte plötzlich Mensch und Hund den Zugang zum Gewässer. Ein mahnendes Schild mit Totenkopf warnte eindringlich davor, mit dem Wasser auch nur in Berührung zu kommen. Der Teich war in Haft genommen, Fröschen und Enten sah man aber keine Veränderung an.

Monikas Trauer wurde von Lindemann uneingeschränkt geteilt, genauso wie ihre Liebe. Das eine ergab sich aus dem anderen und wenn deutsche Beziehungen auch nicht sonderlich langlebig sind, so beanspruchen sie im ersten Jahr Dauerhaftigkeit bis zur Unendlichkeit.

»Warum haben wir eigentlich zwei Wohnungen«, wollte

Lindemann eines Tages wissen. Monika lächelte beglückt. Es gibt Fragen, die ohne gesprochene Antwort auskommen. Im Wohnungsmarkt der Zeitung wurde vom nahe gelegenen Neubaugebiet Davenstedt-West geschwärmt, aber alle erschwinglichen Wohneinheiten schienen dort bereits an frühe Interessenten vergeben zu sein. Die zuständige Bauträger-Gesellschaft feierte den Erfolg und fragte durch die Blume, wann denn nun endlich das oft geforderte Neubaugebiet Linden spruchreif sei. Für beide Gebiete zusammen würde sich dann auch der U-Bahn-Anschluss rechnen.

»Das wäre es«, schwärmte Lindemann. »Ich will sowieso nicht aus Linden weg. Butjer bleibt Butjer.«

»Wer hat sich eigentlich den Begriff ›Butjer‹ ausgedacht«, wollte Monika wissen.

»Den hat sich keiner ausgedacht, das ist ein Stück Lindener Geschichte. Wenn unsere Vorfahren früher aus ihrer selbständigen Stadt in die Provinzhauptstadt kamen, wurden sie misstrauisch beäugt. Die kommen von buten, sagte man. Buten ist plattdeutsch und heißt draußen. Die kommen von draußen. Die Lindener haben aus dem Schmähwort einen Ehrentitel gemacht und sich entsprechend Butjer genannt. Das hat sich bis heute gehalten.«

Monika war überzeugt. »Dann will ich auch Butjer sein. Oder heißt das Butjerin?«

Lindemann schaute mitleidig. »Butjerin habe ich noch nie gehört. Für die Frauenbewegung war Linden wohl immer zu popelig.«

Ob man Sauerbier auch als Lindener Butjer bezeichnen darf, fragte sich Lindemann, als er Hochwürden auf seinen Garten zustreben sah. So ein Pastor gehört wohl eher zu den

Honoratioren und die kamen nie von buten rin, vermutete er. Aber ein Lindener Urgestein ist der Alte trotzdem, entschied er, als der direkt vor ihm stand und nach Aufregung roch.

»Das stinkt doch alles zum Himmel«, schimpfte der Pastor. »Die Polizei unternimmt nichts, weil es angeblich keinen Fall gibt. Und weil man uns nicht glaubt. Gummipuppe, dass ich nicht lache. Das einzige Delikt ist der Teich. Da wird vermutlich eine Politesse losgeschickt, die irgendeinem einen Strafzettel über zwanzig Euro hinter die Scheibenwischer klemmt, weil das doch nur eine geringfügige Ordnungswidrigkeit ist. Lindemann, der mündige Bürger muss selber handeln. Wie stehen wir denn vor unseren Kindern da, wenn die uns dereinst fragen …«

»Ich habe keine Kinder«, unterbrach Lindemann.

»Ich auch nicht, aber ich bin ein alter Mann. Sie sollten sich was schämen. Unser Volk stirbt aus und Sie nehmen nur Viagra, wenn es die Krankenkasse bezahlt. In welchen Zeiten lebe ich eigentlich? Nun, egal. Jetzt wird gehandelt. Ich kriege schon raus, wer dieses Schurkenstück inszeniert hat.«

»Oh«, wunderte sich Lindemann. »Pater Brown-Sauerbier?«

»Patres, lieber Lindemann, gibt es nur bei den Katholiken.«

»Was werden Sie tun?«

»Zuerst spreche ich mal mit meinem Konfirmanden, äh, Exkonfirmanden in der Redaktion. Wie hieß der doch gleich?«

»Gerold Wimmer«, sekundierte Lindemann.

»Richtig. Mal horchen, ob der endlich das Vaterunser drauf hat.«

# 15.

Sauerbier war eine Woche lang nicht zu sehen. Man hörte nur, dass er mal kurz in einer der wenigen verbliebenen Lindener Traditionskneipen aufgetaucht war. Im »Stern« wurde sein Auftritt als wichtig bezeichnet, bei »Lorberg« als geheimnisvoll. Jedenfalls hatte er zum Amüsement der Gäste beigetragen, darin war Hochwürden ohnehin unschlagbar. Manchmal ließ er sich auch zum Erzählen von Witzen hinreißen. Die waren dann so zotig, dass er vor der eigenen Rede erschauerte.

»Sitzen zwei Männer an der Bar. Sagt der eine, deine Frau soll im Bett ja famos sein. Sagt der andere, mit den Händen wägend, nun – die einen sagen so und die anderen so.«

Lindemanns Hauptthema war in dieser Woche Monika – unter besonderer Berücksichtigung der Wohnungsfrage. Er hatte sich beim Bauträger nach Möglichkeiten in Linden erkundigt und der hatte ihm durchaus Hoffnung gemacht. Vielleicht schon im nächsten Jahr. Das Wort »schon« hielt Lindemann für unangemessen. Schließlich war ein Jahr soviel wie einmal Galaxis und zurück. Jedenfalls wenn das Jahr mit Monika zu tun hatte. Konnte er diese Ewigkeit durchhalten?

Die Ewigkeit ohne Sauerbier verging dagegen ziemlich schnell. Plötzlich tauchte der Pastor wie aus dem Nichts auf und kam sofort zum Thema Rugby.

»Was wissen Sie über Rugby«, wollte er von Lindemann wissen.

»Der Ball sieht aus wie ein Ei, manchmal gibt es Ringkampfeinlagen und wir sind hier so eine Art Hochburg für diesen Sport in Deutschland.«

»Waren, Lindemann. Wir waren eine Hochburg. Unsere Victoria war über zwanzigmal Deutscher Meister, aber das ist lange her. Wir finden nur noch in der Zweiten Liga statt. Sie müssen mich morgen zu einem Spiel begleiten. Wäre schön, wenn Sie ein wenig Stimmung für das Spiel machen würden. Ich tue das meinige.«

»Gegen wen spielt Victoria?«

»Gegen irgendeine Mannschaft aus Berlin. Ist doch unwichtig.«

Das fand Lindemann gar nicht, aber er fügte sich widerspruchslos den Wünschen Sauerbiers.

Immerhin wusste er: Wer sich mal einen echten sportlichen Punkterausch gönnen will, sollte einen Sonntagnachmittag bei Victoria verbringen. Im letzten Winkel Lindens gelegen, eng an den Fösse-Strom geschmiegt, bietet der Platz mit den Goal-Stangen geradezu familiäre Atmosphäre. Für fünf Euro Eintritt kann man hier ein Punktspiel der Zweiten Rugby-Bundesliga erleben.

Das Spiel dauert zweimal vierzig Minuten bei fünf Minuten Pause. Wird das Ei beim Gegner hinter der Goal-Linie abgelegt, zählt das fünf Punkte. Auf sieben Punkte kann erhöht werden, wenn der Ball anschließend durch die Goal-Stangen oberhalb der Querlatte getreten wird.

Gelingt das direkt aus dem Spiel heraus, gibt es drei Punkte, ebenso bei einem Straftritt nach Regelverstoß.

Der Ball darf mit der Hand nur nach hinten geworfen werden. Wenn der Ball trotzdem nach vorne geworfen wird, dann gibt es ein Gedränge.

Das sind bei weitem nicht alle Regeln, aber mit dieser Grundkenntnis kann man wenigstens Ergebnisse verstehen, die sich in luftigen Höhen bewegen. Fünfundfünfzig zu achtundzwanzig heißt es möglicherweise am Ende, und nicht eins zu eins wie im Fußball.

Bei Victoria sitzen manche vor der Vereinsgaststätte. Die sehen vom Spiel aus spitzem Winkel zwar weniger, bekommen dafür frisch gezapftes Fassbier. Die anderen holen sich ihre Flasche Bier am Bratwurstgrill und beziehen nach freier Wahl einen Steh- oder steinernen Sitzplatz am Spielfeld.

Genau dort wurde Lindemann von einem Alt-Victorianer zum »Männersport« begrüßt, obwohl doch neuerdings gerade auch Frauen dem Rugby-Sport frönten.

Sauerbier orderte zwei Pils und Lindemann ließ zwei Bratwürste dazupacken. Mit dieser Marschverpflegung begab man sich schnurstracks zu einem unbequemen Sitzplatz auf einem Steinquader nahe der Mittellinie.

Während die Mannschaften noch getrennt Anweisungen ihrer Trainer entgegennahmen, füllte sich das Rund mit einigen Hundert Fans. Als der Anpfiff erfolgte, wurde Sauerbier hektisch.

»Sie dürfen nicht hierbleiben, Lindemann. Gehen Sie auf die Gegenseite, etwa auf Höhe des Goals.«

Lindemann schaute den Pastor voller Unverständnis an. Der schien seine lückenhafte Information zu bemerken.

»Ich erwarte unseren Freund hier. Na den, der gelegentlich tot und dann wieder sehr lebendig ist. Schauen Sie nicht auf das Spielfeld, schauen Sie auf die Zuschauer. Wenn Sie ihn irgendwo entdecken, heben Sie den Arm und zeigen Sie in seine Richtung. Und dann nichts wie ran an den Mann. Wir müssen ihn zur Rede stellen. Ich gebe Ihnen im Fall des Falles das gleiche Zeichen.«

Lindemann war einigermaßen verständnislos und unentschlossen.

»Ich begreife gar nichts«, bekannte er widerwillig.

»Es geht um Leben und Tod«, drohte der Pastor.

»Mein Leben, ihr Leben? Sprechen Sie doch nicht in Rätseln.«

»Vielleicht um das Leben unserer kompletten Gemeinde. Da ist mehr im Busche, als Sie sich vorstellen. Also tun Sie schon das, was jetzt wichtig ist.«

Lindemann nahm Bratwurst und Bier und entfernte sich unfroh. Aber dann siegte das Pflichtgefühl und er tat, was Sauerbier ihm geheißen hatte. Einige Zuschauer waren ihm bekannt, andere musterte er genauer, konnte aber bei keinem eine Ähnlichkeit mit dem gesuchten Redakteur feststellen. Er wunderte sich über den Pastor, der voll in der Rolle des Detektivs aufging. Offensichtlich wusste der mehr, als er Lindemann zu erkennen gab.

Das Rugby-Spiel kam nicht richtig in Gang. Alle Vorwärtsbewegungen einer Mannschaft wurden immer wieder durch ein Gedränge beendet.

Dabei drücken die Spieler beider Mannschaften mit den Rückennummern 1 bis 8 gegeneinander. Ein reiner Kraftakt. Man will den Gegner wegschieben, um den Ball für das eigene Team zu erhakeln. Lindemann ließ seine Gedanken treiben, ließ sich vom Spiel vereinnahmen. So wurde er erst spät auf den wild fuchtelnden Sauerbier aufmerksam, der mit heftigen Armbewegungen in Richtung Vereinsgaststätte zeigte. Lindemann sah nur Zuschauer, die emotionslos die Abfolge der Gedränge zur Kenntnis nahmen. Dennoch lief er in die gezeigte Richtung, der Pastor musste etwas entdeckt haben. War dort der Mann? Vor der Gaststätte saß Nachbar Stokelfranz und feixte.

»Wenn das Spiel so schnell wäre wie Sie, könnte man zufrieden sein.«

»Ist hier gerade einer reingelaufen?«

Stokelfranz nickte. »Ja, der mußte wohl schnell zur Toilette. Hat vielleicht die Bratwurst nicht vertragen.«

»Wie sah der aus?«

»Ein x-beliebiger Typ. Habe den Mann nie gesehen. War wohl keiner von hier.«

»Erinnern Sie sich nicht an das Bild im *Lindenkurier*. Ich meine den verschwundenen Chefredakteur?«

»So genau habe ich nicht hingesehen. Aber – könnte schon sein.« Stokelfranz schien wenig interessiert, sich mit Personenbeschreibungen zu beschäftigen. Er schaute schweigend zum Spielfeld.

Lindemann ging vorsichtig in die Gaststätte. Er wusste, dass er den Mann auch beim akribischen Durchsuchen der Toiletten nicht finden würde.

Inzwischen war der schwitzende Sauerbier eingetroffen. An einem Tisch warteten sie, wer von den Toiletten zurückkäme. Es waren in Abständen drei Männer, allesamt unbekannt.

»Sie wissen mehr als ich, Herr Pastor«, keifte Lindemann.

»Ja, zugegeben. Ich hatte ein langes Gespräch mit meinem Konfirmanden. Sie wissen schon, der Redakteur …«

»Nun, und?«

»Warten Sie es ab. Mir fehlt da noch ein kleines Detail und dann erzähle ich Ihnen die Geschichte.«

# 16.

In der Tageszeitung war ein knapper Bericht über den Unfall des Lastwagens, der Monikas Tante das Leben kostete. Nach Aussage von Fahrer und Beifahrer musste die Ladung während der Fahrt irgendwo zwischen Braunschweig und Linden verrutscht sein. Sie hätten nichts wahrgenommen, vielleicht sei das Radio zu laut gelaufen und erklären könnten sie sich auch nichts, es bleibe eben ein bedauernswerter Unfall und die getötete Frau und deren Angehörige täten ihnen sehr leid. Beide Fahrer waren auf Alkohol überprüft worden, aber das Ergebnis war negativ.

Polizeiliche Ermittlungen wurden auch in einem ganz anderen Artikel gemeldet. Man habe am Teich der Gartenkolonie verdächtige Spuren gefunden: Vier Fässer seien inzwischen geborgen, eines war aufgeplatzt, die anderen konnten verschlossen entsorgt werden.

Als schließlich die neueste Ausgabe des *Lindenkuriers* erschien, wurden diese Berichte weit in den Schatten gestellt. In einem reißerischen Aufmacher wurde aus »üblicherweise gut unterrichteten Kreisen« vermeldet, die gesamten Kleingartenanlagen am Lindener Berg seien zumindest in großen Teilen verseucht. Immerhin habe man über Jahrzehnte in Stollen und Deponien Müll und andere Altlasten vergraben und Lindemanns Kolonie befinde sich gar auf einem Gelände, wo man im Zweiten Weltkrieg eine Munitionserprobungsanlage betrieben habe. Die Redaktion habe Bodenproben eines unabhängigen Instituts untersuchen lassen, die erschreckende Ergebnisse zeitigten. Das Material ist dem Grünflächenamt der Stadtverwaltung übergeben worden, die nun geeignete Maßnahmen ergreifen müsse.

Die Maßnahmen ließen nicht lange auf sich warten. In allen Kolonien wurden Sonderversammlungen der Kleingärtner einberufen und über die Ergebnisse der Bodenuntersuchungen informiert. Beim aktuellen Sachstand werde dringend davor gewarnt, so hieß es, Obst und Gemüse aus den Gärten zu verwenden. Sogar Blumen sollten nicht in Wohnungen überführt werden. Über weitere Gefahren durch den bloßen Aufenthalt im Garten könne man zur Zeit noch keine Auskunft geben.

Verstört ging Lindemann nach der Versammlung in den Garten zurück, wo er zu seiner Verblüffung auf den triefenden Hobbydetektiv Sauerbier stieß. Der Pastor trug eine Cordhose, Pullover und Gummistiefel und alles war klitschnass.

»Halb so schlimm«, wiegelte er ab, ehe Lindemann etwas sagen konnte. »Aber wenn Sie vielleicht eine trockene Hose und ein Hemd …, leihweise, bis meine Sachen trocknen.« Lindemann witterte seine Chance.

»Nur wenn Sie mir endlich reinen Wein einschenken. Hier ist mein Trainingsanzug im Austausch gegen Informationen.«

»Ja, ja, ja, einverstanden. Aber zuerst erzählen Sie mir, was auf der Kolonieversammlung los war.«

»Nein, erst sagen Sie, wer Sie mit dem Wasserwerfer aufhalten wollte.«

»Ich bin in den Teich gefallen«, gestand Sauerbier kleinlaut. »Ich bin über den Zaun gestiegen, um eine Wasserprobe zu entnehmen. Das Ufer ist äußerst glitschig. Na ja, da ist es passiert.«

»In der Giftbrühe haben Sie gebadet? Dann sind Sie vollkommen kontaminiert oder wie das heißt.«

Sauerbier wiegelte ab, alles sei nicht ganz so schlimm, schließlich habe er das Wasser nicht getrunken und seine Haut sei absolut wasserdicht.

Lindemann schüttelte den Kopf über den merkwürdigen Pastor. Lindemann berichtete nun ausführlich von der Gartenversammlung und den Warnungen des Grünflächenamtes. Der Pastor hatte sich derweilen abgetrocknet und war in Lindemanns Trainingsanzug geschlüpft, der ihm zu lang und gleichzeitig zu eng erschien. So versuchte er gar nicht erst, die Jacke zu schließen.

»Also«, begann der nun seinerseits mit Informationen, «ich war in der Redaktion bei meinem Gerold Wimmer. Dem habe ich gleich gesagt, dass er vor Gott nichts verschweigen kann. Tja, da hat er geredet. Sein Chef Mike Pantel war hinter einer großen Sache her. Vielleicht sollte eine sensationelle Geschichte sein Einstiegstor beim Fernsehen sein. Wimmer meint jedenfalls, dass sein Chef da unübersehbare Ambitionen hatte. Worum es genau ging, hat der argwöhnisch gehütet. Wimmer meint, es müsse sich um einen Bauskandal handeln, eine Sache, bei der es um viele Millionen Euro geht. Nach seiner Vermutung ist Pantel untergetaucht, um undercover Recherchen durchzuführen. Klingt ganz plausibel.«

Lindemann sinnierte und litt unter der einzigen Ungereimtheit der Geschichte:

»Wieso war der aber auf dem Parkplatz tot? Oder warum hat er uns jedenfalls den Toten vorgespielt, was letztlich auf dasselbe herauskommt?«

»Das ist der wunde Punkt. Ein Widerspruch. Ein Phänomen. Nicht schlecht, was Sie meinen: Er hat uns den Toten vorgespielt. Das würde erklären, warum die Leiche oder auch Nicht-Leiche plötzlich verschwunden war. Der ist aufgestanden und hat sich aus dem Staub gemacht.«

Lindemann schüttelte den Kopf.

»Lieber Pastor Sauerbier, das macht doch keinen Sinn. Erst spielt er uns den Toten vor und dann den Lebenden. Beim Koloniefest habe ich ihn gesehen und auf dem Sportplatz haben Sie ihn gesehen. Quicklebendig und erfindungsreich im jeweiligen Abgang. Da stimmt doch was nicht.«

»Nun«, schlug Sauerbier vor, »begnügen wir uns vorerst mit der Feststellung, dass etwas nicht stimmt. Vielleicht liegt da ein Denkfehler bei uns? Haben wir gesehen, was wir gesehen haben? Darüber kann man leicht ins Philosophische verfallen.«

Die Männer tranken schweigend ein Bier, bis dem Pastor etwas einfiel.

»Ach ja, noch eine Sache: Was der *Lindenkurier* heute über die Bodenproben gebracht hat, wurde von Pantel angeschoben. Die Ergebnisse des Instituts waren an ihn adressiert, kamen nach seinem Untertauchen. Er muss die Bodenuntersuchung veranlasst haben. Da kann ich alles vermuten, aber keinen Bauskandal.«

Kolonieleiter Golke erschien mit finsterer Miene. Diesmal war wohl mehr als ein Routinekontrollgang angesagt. Als er Sauerbier sah, hellten sich seine Züge auf. Er grinste und bot zugleich eine Erklärung an.

»Was höre ich von Stokelfranz? Hochwürden badet im Sündenpfuhl. War das ein Selbstmordversuch?«

»Dämliche Frage«, zischte der Pastor.

»Ist nicht meine Frage«, entschuldigte sich der Kolonieleiter. »Ich habe nur gesagt, was Stokelfranz in der Kolonie verbreitet.«

»Stokelfranz hat ein stadtbekanntes Schandmaul«, sekundierte Lindemann. »Wie geht es weiter mit unseren Gärten?«

»Kann ich dir nicht sagen. Ich weiß auch nicht mehr, als in der Zeitung steht. Uns informiert doch keiner ehrlich mit Hintergrund und genauen Details. Ich esse jedenfalls mein Obst und Gemüse, wenn es reif ist. So, da hast du wenigstens meine Position. Und – habt ihr irgendwas Neues?«

»Nee, nee«, erwiderte Sauerbier und schaute unschuldig in den leicht bewölkten Himmel. »Uns sagt doch auch keiner was.«

Golke brummelte Unverständliches und schlurfte davon.

»Haben Sie morgen Zeit?«, fragte Sauerbier den verunsicherten Lindemann.

»Ich habe ab morgen Urlaub.«

»Ach, und dann geht es auf nach Mallorca?«

»Nee, Urlaub im Garten. Monika muss arbeiten und auf die Schulferien warten. Und ich muss jetzt Urlaub machen, weil im Amt nur diejenigen Urlaub in den Schulferien bekommen, die schulpflichtige Kinder haben. Toll, was?«

Wirklich toll, dachte Sauerbier und freute sich, Lindemann ganztägig zu seinem Hilfssheriff machen zu können.

## 17.

Ämter sind Orte der großen Übersicht, des Beharrens, der Gesetzestreue. Da hatte gerade eine Frau ein verlassenes Rehkitz in ihrer Wohnung aufgenommen, es zwei Wochen lang mit einer Baby-Nuckelpulle aufgepäppelt, bis missgünstige Nachbarn die Polizei informierten. Illegale Tierhaltung. Doch das interessierte die Polizei nicht, das sei Sache des Vermieters und des Mietvertrages. Die Frau bekam eine Anzeige wegen Wilderei. Wer sich Wildtiere aneignet, begeht den Straftatbestand der Wilderei. Das Gesetz ist da ganz eisern und lässt keine Ausnahme zu.

Lindemann kochte vor Wut, als er darüber in der Zeitung las.

»Und dann wundern sich die Politiker, dass sie in der Rangliste menschlichen Ansehens auf dem letzten Platz rangieren? Als Arschlöcher der Nation? Sie machen doch diese Gesetze. Was haben die überhaupt noch mit unserem Leben als Bürger zu tun«, schrie er durch die Gegend. Doch dann fiel ihm ein, dass er Beamter war und das verpflichtete zu besonderer Gesetzestreue. Gesetzestreue? Hätte er das Rehkitz aufgrund der Gesetzeslage seinem sicheren Tod preisgeben müssen? Muss man in einem Fall dieser Art unmenschlich handeln? Ja, natürlich. Gesetze sind keine Ansichtssache, sondern für alle verbindlich. »Scheiß Staat«, murmelte Lindemann, aber so, dass es niemand hören konnte. Ein Beamter ist ein Beamter, ist ein Beamter …

Im städtischen Umweltamt liefen Marathonsitzungen, wie es sie noch nie gegeben hatte.

Der Oberbürgermeister hatte dem Umweltdezernenten

klargemacht, dass es bei der politischen Linie in Sachen Kleingärten bleibe. Und die hieß Bestandsschutz. Damit war nicht gemeint, dass jeder Kleingärtner seiner Parzelle auf ewig und drei Tage sicher war. Brauchte die Stadt ganz bestimmtes Gelände für Straßenbau oder überhaupt als Bauland, dann mussten auch Kleingärtner weichen. Bestandsschutz hieß, dass die Stadt bei enteigneten Flächen gleich große in anderer Lage zur Verfügung stellte. Linden lag dem Oberbürgermeister besonders am Herzen, denn hier hatte er ziemlich viele Anhänger.

Der Umweltdezernent fühlte sich vor allem der ökologischen Qualität der Stadt verpflichtet. Gärten waren grüne Lungen, bauten Feinstaubpartikel ab und produzierten jede Menge Sauerstoff. Sie waren die letzten Refugien, wo die Tier- und Pflanzenwelt dem wuchernden Beton entfliehen konnte. Außerdem gehörten die Gärten zum öffentlichen Grün, waren als Naherholungsgebiete ausgewiesen, denn sie waren per Verordnung oder Gesetz allgemein zugänglich. Natürlich nicht unbegrenzt. Stokelfranz machte sich einen Spaß um die Auslegung: »Vor meinem Kühlschrank ist HALT! Kaltgetränke sind im öffentlichen Zugang nicht enthalten.«

Der Umweltdezernent setzte Arbeitsgruppen ein, die mit dem Problem umgehen sollten. Konnte man die Gärten am Lindener Berg halten? Mussten sie aus gesundheitlichen Gründen geräumt werden? So sickerte das Problem langsam und zunehmend gefiltert bis zur unteren Verwaltungsebene, wo die Macher saßen. Die bekamen Zunder vom Gesundheits- und Jugendamt, weil man dort um die eigene Klientel fürchtete. Verschlüsselte Glückwunschadressen gab es nur vom Bauamt. Dort schien der Siff in Linden hochwillkommen. Manche Mitarbeiter hatten schon die Erfolgsgeschichte des Baugebiets Davenstedt-West erlebt. Sie träumten längst davon, diese durch ein Baugebiet Linden-West in den Schatten zu stellen. Der zuständige Amtsleiter schaute seine fünf Finger an und zählte: Das bringt massig Arbeitsplätze, die Wirtschaft wird sagenhaft angekurbelt, wir werden Boom-Town (den Begriff hatte er bei einer Studienreise in die USA aufgenommen und geschworen, so etwas auch mal zu schaffen) und zudem klingeln die ausgedörrten städtischen Kassen. Eine reine Erfolgsgeschichte. Den fünften Finger ließ er übrig, weil da nach seiner Erfahrung noch viel mehr drinsteckte. Warum, so fragte er sich, braucht diese verrückte Welt eine Umweltkatastrophe in Linden, um einen Goldrausch auf die Schiene zu setzen. Und er hatte schon eine Idee, die Gärten an den begehrten Flächen des Lindener Berges einfach nach Bornum zu verlegen, dort gab es immerhin gesunden Boden in Hülle und Fülle. Man sollte das nicht dem eigenen Dezernenten, sondern karrieremäßig günstiger gleich dem Oberbürgermeister vorschlagen. Der würde einen doch knutschen für diese Idee und die Karriereleiter mit einem Aufzug versehen.

Man soll Träume träumen und genießen, doch nie mit der Wirklichkeit verwechseln. Wer das meint? Der ehemalige Amtsleiter. Er sprach mit dem Oberbürgermeister, blieb hart und stark – und arbeitet nun bei einer privaten Bauträgergesellschaft, sogar mit höherem Gehalt. Das hatte er dem Oberbürgermeister nur bedingt zu verdanken, aber die Empfehlung durch den verlorenen Rathaus-Job war keinesfalls zu verachten.

# 18.

Als Lindemann an seinem ersten Urlaubstag im Garten ankam, wartete Sauerbier schon ungeduldig.

»Mann Gottes, wo bleiben Sie denn?«

»Also Herr Pastor, jetzt bleiben Sie mal auf dem Teppich. Es ist gerade zehn Uhr und ich habe Urlaub.«

Sauerbier murmelte voller Unwillen Unverständliches und schaute dann mit neuem Interesse auf Lindemanns Kühlschrank.

»Sie wollen nicht im Ernst schon zu dieser frühen Stunde Bier trinken«, fragte Lindemann strafend. »Um diese Zeit gibt es Kaffee. Kein Bier vor vier – alte Kleingärtnerregel.«

»Bei mir ist nicht frühe Stunde«, knurrte Sauerbier, »bei mir ist es jetzt schon Nachmittag. Ich bin um fünf Uhr aufgestanden. Aber von mir aus: Kaffee.«

»Was treiben Sie denn kurz nach Mitternacht außerhalb Ihres Bettes?«

Ich war in Braunschweig bei der Spedition Krumbein und habe Fingerabdrücke vom Unglückslastwagen genommen. Zu deutsch: Gipsabdrücke von den Hinterreifen.«

»Und wie haben Sie den richtigen Lkw gefunden?«

»Na. Das war noch das Einfachste. Nach dem Kennzeichen, ich meine die Autonummer: BS - KF 364. Das war doch auf dem Zeitungsfoto gut zu erkennen.« Jetzt war der Pastor sichtlich zufrieden über seine gelungene Tat.

»Und was ist nun mit den Gipsabdrücken?«

»Die habe ich zur Polizei gebracht. Zum Vergleich mit den Spuren am Teich. Was sagen Sie nun?«

»Ich sage gar nichts, aber was sagt die Polizei?«

Sauerbier bekam wieder einen Anflug von Unwillen. »Die haben mir nichts gesagt, wollen sich doch von Zivilisten nicht über die Schulter schauen lassen. Aber sie melden sich, wenn es Ergebnisse gibt. Haben sie jedenfalls versprochen.«

Lindemann schenkte Kaffee ein und fand es an der Zeit, dem Pastor nachzuweisen, dass er selbst auch denken konnte.

»Noch mal zu unserem verschwundenen Redakteur. Warum taucht ein Mensch unter? Weil er sich vor jemandem verstecken will. Weil er nicht greifbar sein will. Soweit ist das klar. Warum lässt er sich aber von uns sehen? Welche Rolle spielen wir in seinem Vorhaben? Ich denke, wir sollen Zeugen spielen. Wir sollen spüren, dass er in irgendeiner Sache am Ball bleibt. Und wir sollen das erzählen, damit es ganz bestimmte Leute erfahren.«

Der Pastor nickte. »Das könnte ein Teil der Wahrheit sein. Aber ich fürchte, es ist nicht die ganze Wahrheit. Sagen Sie mal, Lindemann, wo würden Sie hier in der Gegend eine Leiche verschwinden lassen?«

»Im Teich?«

»Nein, da müssten Sie wie Ami-Gangster der Leiche Betonschuhe verpassen, sonst treibt die doch auf. Und Betonschuhe bringen es in diesem Teich auch nicht, weil da diverse Untersuchungen wegen der Vergiftung stattfinden.«

»In der Nachbarkolonie hat einer mal seinen verstorbenen Schäferhund in einem Hochbeet begraben. Das ist natürlich nicht erlaubt …«

Sauerbier tippte mit dem Zeigefinger auf die Tischplatte. »Sehr interessant, Hochbeet. Hochbeete gibt es hier überall und die sehen auch ohne Leiche aus wie Gräber. Wahrscheinlich findet man die Leiche, wenn man nach den dicksten Früchten sucht.«

»Das ist geschmacklos, Herr Pastor!«

»Geschmacklos sind nur die Zucchinis, die ihr hier alle anbaut. Reine Biomasse, ohne jeden Pfiff.«

»Lassen Sie das nicht Monika hören. Die hat auf dem Hochbeet hinter der Laube massenhaft Zucchinis gesetzt.«

In diesem Moment tauchte ein erregter Golke in Lindemanns Garten auf.

»Wir leben auf einer Bombe, stellt euch das mal vor. Eine richtige echte Bombe aus dem Krieg. Ein kompletter Blindgänger irgendwo unter unserer Kolonie. Das haben die durch Satellitenaufnahmen herausgefunden.«

»Hat der Kleingärtnerverein jetzt schon einen Satelliten unterwegs«, wollte Sauerbier wissen.

»Nee, aber die Amis. Unsere auch.«

»Und zu denen hat die Kolonieleitung einen direkten Draht?«

»Wieder falsch. Stokelfranz hat es herausbekommen. Und zwar vom Redaktionsvolontär Karwehl. Gute Kontakte zur Presse sind eben durch nichts zu ersetzen. Jetzt werden noch weniger Gartenfreunde in ihre Gärten kommen. Gerade die Familien mit Kindern. Schadows, Kleinerts und Wortmanns lassen sich nicht mehr sehen, seit die Bodenuntersuchung in der Zeitung stand. Ich sage: Das muss jeder selber wissen. Ich esse meinen Kohl, verlasst euch drauf. Die Bombe wird wohl nicht genau unter meinem Garten liegen.«

## 19.

Es dauerte nur wenige Stunden, bis die Feuerwerker erschienen. Mit zwei Spezialfahrzeugen postierten sie sich in der Gartenkolonie. Dann kamen verschiedene Messgeräte zum Einsatz, doch fündig wurden die Männer nicht. Golke hielt sich dicht beim Chef der Gruppe und drängte auf Informationen. Immerhin sei er als Kolonieleiter auch für Leib und Leben der Kleingärtner verantwortlich, man solle ihm reinen Wein einschenken, er könne die Wahrheit vertragen, auch wenn die Bombe inmitten seiner Parzelle gehoben werden müsse. Der Feuerwerker schwieg, bis seine Männer ihre Geräte demontierten und Kabeltrommeln einrollten.

»Ob da etwas ist, weiß ich nicht genau. Wir haben jedenfalls nichts gefunden. Nach unseren Ergebnissen ist Ihre Kolonie sauber.« Die Kolonne rückte ab.

Am Nachmittag lagen die Gärten trocken. Wer eine Pumpe hatte, nutzte sie. Doch das waren nur wenige, seit die Kolonie vor Jahrzehnten ans städtische Wassernetz angeschlossen wurde. Pumpwasser war nicht sehr begehrt, da es Grundwasser zutage förderte, das unter ziemlicher Überdüngung litt. Hier zeigten sich langfristige Ergebnisse einer Kleingärtnerei, die um jeden Preis den dicksten Kürbis produzieren wollte.

Der Grund für den Wasserausfall wurde schnell gefunden. Auf der Mitte des zweiten Gartenweges sprudelte Wasser aus der Erde. Das Rohr wurde ausgegraben und Golke wunderte sich über den sauberen Schnitt, mit dem das Rohr durchtrennt war. Das war kein Verschleiß, keine Materialermüdung, da war Stahl auf Stahl getroffen und das härtere Metall hatte sich durchgesetzt.

Am Abend saß man lange im Vereinsheim zusammen und redete über Gott und die Welt. Rolf Gruber hatte noch eine Flasche Calvados vom letzten Frankreich-Urlaub, die er nach allen Miseren des Tages freimütig auf den Markt schmiss. Pastor Sauerbier natürlich mittendrin, flankiert von seinem Hilfssheriff Lindemann.

Werner Holbrich kratzte seine sämtlichen Bibelkenntnisse zusammen und konzentrierte sich auf den Garten Eden, wo – wie er meinte – die Menschheit wegen eines Apfels in die Mühsal des Arbeitslebens getrieben war. Und ob man denn da nun bedenkenlos Apfelschnaps trinken könne?

Hochwürden ließ sich natürlich nicht zweimal bitten und lenkte die Kleingärtner von ihrer Mühsal ab.

»Am Anfang war das Wort und nicht die Parole, liebe Freunde«, deklamierte der Pastor. »Werbung hatte bei der Schlange im Garten Eden noch mit der Verheißung von Erkenntnis zu tun. Immerhin ging es um den Baum der Erkenntnis. Das lief bekanntlich schief, weil Gott nicht mitspielte. Den Pharisäern sei allerdings zweierlei gesagt: Wir sündigen Menschen haben das Paradies immerhin nicht des Trinkens, sondern Essens wegen verloren. Und nun Achtung, Calvados-Freunde: Die Bibel spricht von einer Frucht, die Adam und Eva verbotenerweise aßen. Ob es ein Apfel war, ist nicht gesichert! Im Gegenteil, es ist mehr als unwahrscheinlich. Keiner weiß, wo das Paradies genau war. Aber ich sage euch: Hier im Apfelland Europa war es ganz bestimmt nicht. Und in der Bibel kommen Datteln, Wein und Granatäpfel vor, aber keine Äpfel, aus denen man Calvados brennen könnte.«

Die Kleingärtner spendeten stürmischen Beifall und Sauerbier genoss seine Rolle, fehlten ihm doch die sonntäglichen Predigten, seit er vom Dienst in die Rente verbannt war, nur weil er ohne eigenes Zutun die Altersgrenze geschrammt hatte.

## 20.

Und da war Monika mit einer spannenden Neuigkeit. Seit Lindemann seinen Lebensmittelpunkt urlaubsbedingt in den Garten verlegt hatte, kam sie nun regelmäßig nach Schulschluss in die Parzelle. Zumeist nächtigte man dann auch dort, obwohl die sanitären Verhältnisse bei Monika Erinnerungen an jugendliche Campingferien weckte.

»Meine Freundin Marion …«, begann sie den Spannungsbogen. Lindemann unterbrach.

»Wer ist Marion?«

»Du kennst sie noch nicht. Marion Althaus. Wir sind zusammen im Turnverein. Du weißt doch, dass ich zur Gymnastik gehe. Also, hör erst einmal zu. Marion hatte gestern den *Lindenkurier* in der Handtasche. Da habe ich sie auf den verschwundenen Mike Pantel angesprochen. Stell dir vor, Marion kennt den ziemlich gut. Richtiger könnte man sogar von einem Verhältnis reden. Sie hat es mir unter dem Siegel der Verschwiegenheit gebeichtet. Der wollte für Marion seine Familie verlassen. Und sie meint, genau das hat er getan. Allerdings hat die Sache einen Schönheitsfehler, unter der die Liebe sehr leidet. Sie hat seit zwei Wochen nichts mehr von Pantel gehört. Sein Handy ist tot und er meldet sich nicht bei ihr. Die macht sich natürlich ziemliche Sorgen. Allerdings glaubt sie auch, dass er hinter einem ziemlich dicken Ding her ist. Eine große Enthüllungsgeschichte. Vielleicht hat er wie einst Wallraff auch in den unmöglichsten Verkleidungen Leute und Firmen ausspioniert.«

Lindemann dachte nach. »Das könnte einiges erklären. Da muss ich mal mit Sauerbier drüber reden.«

»Da fällt mir noch etwas ein. Marion sucht einen Heinz Gärtner. Den Namen hat Pantel mehrmals erwähnt, als es um seine große Sache ging. Aber sein Freund war das wohl eher nicht. Der soll ihn sogar mal bedroht haben. Und das hatte alles irgendwas mit der Geschichte zu tun.«

Lindemann küsste seine Freundin auf die Stirn. »Interessant, du bringst Bewegung in unseren Krimi.«

»Na, ein Krimi ist es wohl eher nicht. Ich nenne so etwas Liebesroman.«

An der Gartenpforte wurde gerackelt und Lindemann wusste, ohne hinzuschauen, dass Hochwürden Sauerbier sich in diesem Moment Einlass verschafft hatte.

»Die Polizei – dein Freund und Helfer«, stöhnte der Pastor. »Die sammeln überall Informationen, sind aber selbst total zugeknöpft. In den Fernsehkrimis sind Polizisten irgendwie zugänglicher. Ich habe nach den Ergebnissen der Spurensicherung gefragt, immerhin hatten sie die Reifenprofile von mir. ›Wir sind nicht befugt, über Ermittlungsergebnisse zu informieren. Informationsberechtigt ist nur die Presse, und die auch nur eingeschränkt, soweit Ermittlungen nicht gefährdet werden.‹ Dann gab es aber doch noch eine Wendung, weil die Damen und Herren mich verhören wollten, wie ich auf die Idee gekommen bin, bei der

Spedition nachzuforschen, und welche Informationen ich zurückhalte.

Information gegen Information habe ich gefordert und das hat dann doch geklappt. In Zukunft wende ich mich gleich an die Presse. Mein Konfirmand beim *Lindenkurier* ist mir noch eine Gegenleistung für seine Konfirmationsgeschenke schuldig.«

Lindemann wurde ungeduldig. »Was haben Sie denn nun bei der Polizei erfahren?«

»Sagte ich das nicht? Die Spuren sind identisch. Der Laster war am Teich. Das lässt sich beweisen. Alles Weitere sind Vermutungen. Die könnten also die Giftfässer aus der Mitte ihrer Ladung herausgeprokelt haben, um sie im Teich zu versenken. Das würde auch erklären, warum die Ladung instabil wurde, was schließlich zu dem Unglücksfall führte. Die beiden Fahrer könnten dazu sicherlich einiges mehr sagen, aber die sind spurlos verschwunden. Das waren Aushilfen, die möglicherweise gezielt eingeschleust wurden. Die Adressen, die sie bei der Spedition angaben, sind falsch. Papiere mussten nicht vorgelegt werden, weil die beiden Fahrer als Subunternehmer auf eigene Rechnung arbeiten.«

Monika wurde bei Sauerbiers Erzählung immer erregter.

»Dann könnte man den Unfall meiner Tante ja fast als Mord bezeichnen.«

Lindemann schüttelte den Kopf. »Das wäre eine Nummer zu groß. Ich würde es fahrlässige Tötung nennen. Mord setzt immer einen Vorsatz, eine Absicht, ein Motiv voraus.« Da es Lindemann sagte, akzeptierte Monika die Einstufung und erzählte dem Pastor, was sie über Mike Pantel und einen unbekannten Heinz Gärtner erfahren hatte. Der Pastor hörte mit größter Spannung zu und schrieb schließlich den genannten Namen in ein kleines schwarzes Notizbuch.

»Hans Karwehl, den Volontär, nehme ich mir mal vor. Das ist auch so ein Hansdampf in allen Gassen, der hat es faustdick hinter den Ohren. Ich könnte mir gut vorstellen, dass der mehr weiß als unsere Polizei.« Das konnte sich Lindemann nach seinen einschlägigen Erfahrungen auch gut vorstellen.

## 21.

»Der ist tot, da kommen Sie zu spät. Gestern hat es den erwischt. Wundert mich, dass er so lange gemacht hat.« Sauerbier verschlug es die Sprache, was er sich von einer alten übergewichtigen Zimmerwirtin im bunten Kittel anhören musste. Die Frau zupfte an ihren Lockenwicklern, als ihr plötzlich ein Licht aufging.

»Sie sind doch der Pastor? Na klar! Ich bin ja nicht in der Kirche, aber ich habe Sie mal bei einer Hochzeit erlebt. War gar nicht schlecht, richtig feierlich. Ist doch was anderes, als nur Standesamt. Meinen Sie nicht auch?«

Sauerbier meinte auch, schon von Amts wegen.

»Was ist denn mit dem Karwehl passiert?«

»Na, Sie sind gut, gestern war doch die ganze Polizei hier. Den haben sie umgebracht … nein, nicht die Polizei. Der hat doch in Kreisen verkehrt, da würden Sie als Pastor nur noch Kreuze schlagen. Rocker mit Motorrädern, Ketten an der Jacke und Teufelsbilder auf dem Rücken. Ich habe immer wieder zu Frau Hüttmann gesagt, mit dem nimmt es kein gutes Ende. Ich habe das geahnt und Frau Hüttmann …«

Sauerbier war an der unbekannten Frau Hüttmann nicht sonderlich interessiert, dankte und ließ die Zimmerwirtin mitten in ihrer Rede stehen. Das ließ sie verstummen, war sie doch offensichtlich von Frau Hüttmann mehr Interesse an Klatsch und Tratsch aus Haus und Nachbarschaft gewohnt.

Sauerbier fuhr zur Redaktion des *Lindenkuriers*: Zu seinem Bedauern war Gerold Wimmer nicht im Hause, aber eine freundliche Sekretärin bot Kaffee an und da sie den Pastor von mehreren Besuchen kannte, setzte sie ihn ins aktuelle Bild.

»Ja, was sagen Sie denn? Der Hans Karwehl, dieser pfiffige junge Mann. Wie konnte gerade dem das passieren? Vor unserem Verlagshaus, einfach so erstochen, mausetot. Erst verschwindet der Chef und nun das. Der *Lindenkurier* wird langsam zur gefährlichen Adresse.« Die Frau schauderte und schien froh, in diesem Moment nicht ganz allein im Vorzimmer sitzen zu müssen.

Was die Polizei dazu sagt, wollte Sauerbier wissen.

»Die hat lange mit Herrn Wimmer in seinem Zimmer gesprochen. Ich habe nur mitbekommen, dass jemand mit einem starken Magneten die Festplatte des PCs vom Hans kaputt gemacht haben soll. Und alle CDs und auch sein Laptop sind spurlos verschwunden.«

Schade, dachte der Pastor, wieder nichts. Doch er irrte sich.

»Herr Wimmer hat die Sprechanlage eingeschaltet, damit ich das Gespräch protokollieren konnte. Herr Wimmer sagt immer: Sicher ist sicher. Bei dem, was hier alles so passiert, hat er wohl recht. Wollen Sie das Protokoll lesen?« Sie lächelte und reichte dem Pastor voller Stolz einen Computerausdruck. »Ich mache Ihnen auch gern eine Kopie. Sie sind doch ein Freund von Herrn Wimmer.« Freund? Sauerbier gefiel das Wort an dieser Stelle nicht so ganz.

»Ich bin sein Pastor, habe ihn seinerzeit gar konfirmiert.«

»Ach, ich wusste gar nicht, dass Herr Wimmer so fromm ist.«

Sauerbier nahm das Protokoll und las.

*Polizei: Seit wann arbeitete Karwehl bei Ihnen?*

*Wimmer: Seit einem Jahr. Er war Redaktionsvolontär, das Volontariat dauert zwei Jahre.*

*Polizei: Welche Note würden Sie ihm im Zwischenzeugnis geben?*

*Wimmer: Gut … oder befriedigend. Nein, eher gut.*

*Polizei: Was war Karwehl für eine Persönlichkeit?*

*Wimmer: Macho in spe. Draufgänger. Nie zimperlich. Der richtige Mann für ein aggressives Boulevardblatt.*

*Polizei: Beschreiben Sie damit den* Lindenkurier*?*

*Wimmer: Nein, ich beschreibe Karwehl. Wir sind ein seriöses Blatt. Das Auftreten in Anzug und Krawatte sind wir unseren Anzeigenkunden schuldig.*

*Polizei: Wie passte Karwehl dann zum* Lindenkurier*?*

*Wimmer: Auch brave Bürger lieben einen scharfen Hund an ihrer Seite.*

*Polizei: Woran arbeitete Karwehl aktuell?*

*Wimmer: Der Umweltskandal am Lindener Berg war sein Thema.*

*Polizei: Haben seine Recherchen etwas ans Licht gebracht, was nicht ohnehin bekannt war?*

*Wimmer: Auf jeden Fall. Nun ist das nicht alles allein auf Karwehls Mist gewachsen. Wir arbeiten in der Redaktion kollektiv. Aber der Zugang zu Satellitenaufnahmen und damit die Fliegerbombe unter den Kleingartenkolonien, das war seine Recherche.*

*Polizei: Von einer Bombe dort ist nichts bekannt.*

*Wimmer: Man findet nur das, was man auch finden will – alte Journalistenweisheit.*

*Polizei: Meinen Sie?*

*Wimmer: Meine ich.*

*Polizei: Hatte Karwehl Feinde? Würden Sie irgendjemandem die Tat zutrauen?*

*Wimmer: Wer enthüllt, macht sich Feinde. Das sind die, die verhüllen.*

*Polizei: Kennen Sie konkrete Namen?*

*Wimmer: Nein. Moment mal – oder doch. Heinz Gärtner, ich habe aber keine Ahnung, wer das ist, was der macht, wo der wohnt und wie der aussieht. Doch der Name ist hier einige Male gefallen. Und ich müsste mich sehr täuschen, wenn es nicht einen Zusammenhang mit der Lindener Umweltgeschichte gäbe.«*

*Polizei: Karwehl wurde gegen Mitternacht hier vor dem Haus getötet. War das nicht ungewöhnlich, dass der um diese Zeit hier war?*

*Wimmer: Nein, Redakteure haben keine feste Arbeitszeit. Eine Story fordert manchmal ungewöhnliche Einsatzzeiten.*

*Polizei: Niemand hat Karwehl hier gesehen, wenn man vom Täter absieht.*

*Wimmer: Er dürfte zu der Zeit allein hier gewesen sein.*

*Polizei: Gibt es keinen Objektschutz?*

*Wimmer. Doch. Wach und Schließ. Aber die sind nicht ständig vor Ort.*

*Polizei: Wir hätten gern noch ein Foto von Karwehl, möglichst Porträt.*

*Wimmer: Das erledigt meine Sekretärin Frau Hoff.*

Hier endete das Protokoll. Sauerbier verzichtete auf eine Fotokopie. Das Einzige, was ihn am Dialog elektrisierte, war der Name Heinz Gärtner.

## 22.

Die Kochstraße gehört nicht zu den Juwelen Lindener Bausubstanz. Wer hier wohnt, ist entweder Ausländer oder er gehört zu jenen Einheimischen, die beim großen Spiel des Lebens nie eine Sechs würfelten. Zu ihnen gehört Tina Bärwald, sechsunddreißig Jahre alt, nicht besonders attraktiv, aber keinesfalls hässlich. Tina ist in der Kochstraße aufgewachsen, so wie ihre Eltern vorher und ihre Kinder nachher. Tina ist alleinerziehende Mutter eines Jungen von drei und einer Tochter von fünf Jahren. Der Vater ist aktuell nicht vorhanden und einen Ehemann hatte die Frau nie. Lindemann lernte die Frau vor einem Jahr auf einem Stadtteilfest kennen, direkt vor der Eisbude. Der Frau fehlte augenscheinlich das Geld, ihren Kindern zu kaufen, was andere Kinder hatten: ein Softeis. Also griff er ein und in die Geldbörse. Glückliche Kinderaugen und eine überraschte Frau dankten es ihm. Lindemanns soziale Vorstellungen finden eben nicht allein in der Theorie statt. Seit diesem Zusammentreffen besuchte er die Familie in der Kochstraße ungefähr dreimal im Monat und überbrachte eine Tüte mit Waren, die er mit Freude bei aldi zusammenstellte. Grundnahrungsmittel, Süßigkeiten und immer eine Flasche Wein – den guten von der preisgünstigen Sorte. Dann saß man eine Stunde beim Kaffee zusammen und redete über die Ungerechtigkeit der Welt. Mehr hatte sich zwischen Lindemann und der Frau nie entwickelt und beide hatten wohl nie die Absicht, aus dieser Beziehung mehr zu machen.

Beim Thema soziale Gerechtigkeit im reichen Deutschland dachte Lindemann immer daran, dass ein Teil der Landsleute sich bei Hummer und Carpaccio vergnügten, während andere mit der Margarine auf dem Brot geizen mussten. Im Rahmen von Hartz IV waren der Frau als täglicher Verpflegungssatz pro Kind 2,57 Euro zugemessen, aber die Kita verlangte schon 2,50 für das Essen. Blieben täglich sieben Cent, was die Frau für eine Schweinerei und Lindemann für eine Kulturschande hielt.

Die war offensichtlich gewollt, man konnte es an Beispielen festmachen. Als Lindemann in diesem Jahr beim Losverfahren tatsächlich zwei Karten für das jedes Jahr restlos ausverkaufte »Kleine Fest im Großen Garten« zugeteilt wurden, schaute er mal hinter die Preise: Fünfundzwanzig Euro Eintritt, ermäßigt vierzehn Euro. Aber die Ermäßigung galt ausdrücklich nicht für Hartz-IV-Empfänger!

Vor Monika verheimlichte Lindemann die Beziehung zu Tina, weil die gegebenenfalls Anlass zu Missverständnissen geboten hätte. Nach knapp einer Urlaubswoche hielt Lindemann wieder einmal den Tag für gekommen. Doch diesmal war alles anders. Lindemann wurde wie immer herzlich und mit viel Kindergeschrei begrüßt, Kaffeeduft schwebte durch die Wohnung und die Frau zeigte stolz einen fabrikneuen Bekleidungssatz für beide Kleinen.

»Stell dir vor, Alfred hat ein Engagement und verdient endlich Geld. Er hat mir fünfhundert Euro gebracht und in einer Woche noch mehr versprochen.«

Alfred war Erzeuger beider Kinder, Schauspieler, der nach einem Bühnenunfall aus der Bahn geriet und eine Alkoholkarriere begann. Inzwischen konnte er sein Lampenfieber nur noch mit Alkohol dämpfen, aber die Engagements waren dennoch oder auch deshalb rar geworden. Nur in den sechs Wochen vor Weihnachten hatte er wie alle Schauspieler Beschäftigung, da liefen überall die traditionellen Weihnachtsmärchen, die immer noch ihr junges Publikum fanden. Lindemann kannte den Mann nur aus Tinas Erzählungen und er verspürte auch keinen Drang, ihn kennenzulernen.

»Du brauchst also keine Einkäufe mehr zu bringen, aber es wäre schön, wenn du trotzdem weiterhin auf einen Kaffee kämst. Ich hoffe, Alfred hält Wort und versäuft nicht alles.« Tina fühlte sich im Glück, das war unübersehbar. Und Lindemann gönnte es ihr. Mehr noch. So wünschte er sich seine kleine Welt.

Nach einer Stunde verabschiedete er sich, weil er mit Sauerbier auf der Beerdigung Karwehls verabredet war. Der Pastor hatte sich unklar ausgedrückt, vielleicht erhoffte er wieder ein Erscheinen Pantels.

## 23.

Die Trauerfeier war überraschend gut besucht. Eine Abordnung vom *Lindenkurier* ließ sich an einem überdimensionierten Kranz erkennen, auf dessen Schleife das Verlagsemblem prangte. Sogar mehrere Kleingärtner waren dabei. Golke führte die Gruppe an, dazu gehörten auch Beate Sielig, Werner Holbrich, Peter Kleinert und Stokelfranz. Stokelfranz der alte Zyniker, wunderte sich Lindemann. Was mag den Nachbarn umtreiben? Wieso nimmt gerade der Anteil am Tod eines jungen Redaktionsvolontärs?

Rocker waren nicht zu sehen, ebenso wenig ein Pastor. Die Trauerrede sprach ein freier Redner, der mit blumigen Worten von der Vergänglichkeit aller Dinge berichtete und keinen Trost verbreiten konnte. Doch wen hätte er hier trösten können? Familienmitglieder schienen nicht anwesend. Niemand war da, dem man persönlich hätte kondolieren können. Nicht einmal eine feste Freundin, die sich in schwarzem Outfit zu Karwehl bekennen mochte.

Lindemann trug sich sorgfältig in die ausgelegte Kondolenzliste des Beerdigungsinstituts ein und reichte den Kugelschreiber an Sauerbier weiter.

»Haben Sie Pantel hier erwartet?«

»Wäre doch möglich gewesen, oder?« Der Pastor schnupperte wie ein hochmotivierter Jagdhund und ließ die Trauergemeinde keinen Moment aus den Augen. Dann ging er zu Gerold Wimmer, der die *Lindenkurier*-Delegation anführte.

»Was Neues?«, wollte der Pastor wissen.

»Nein. Oder doch, vermutlich hat es nicht die geringste Bedeutung. Ich habe in einer Mappe von Pantel einen Text gefunden, den er vor nicht allzu langer Zeit geschrieben haben könnte. Der war immer hinter Zukunftsvisionen her. Die Stadt von morgen, der Mensch von morgen, unsere Lebensweise morgen. Das waren seine Lieblingsthemen. Bei diesem Manuskript geht es um eine fiktive Zukunft, wenn Sie verstehen, was ich meine. Ich würde das eher Satire nennen, für unser Blatt hat er das wohl kaum geschrieben. Hier …«. Wimmer übergab dem Pastor zusammengefaltete Manuskriptblätter. »Können Sie behalten, ist eine Fotokopie.«

Der Pastor überblickte noch einmal die Trauergemeinde. Keine Spur von Pantel, weder tot noch lebendig. Unbefriedigt zog er sich mit Lindemann in eine nahe gelegene Kneipe zurück und las das Manuskript langsam durch. Jedes gelesene Blatt reichte er kommentarlos an Lindemann weiter.

## 24.

Beide lasen voller Spannung:

*»Ich will den Täter. Ich will dieses asoziale Element hier vor meinem Schreibtisch stehen sehen und ich will ihm ins Gesicht sagen, dass wir seinesgleichen in Linden nicht dulden werden. Dieses Gesocks gehört in die Schranken verwiesen und dann ausgemerzt.«*

*Hauptkommissar Bartel bebte vor Zorn. Sein Gesicht war dunkelrot angelaufen, die Lippen zitterten und seine Augen flackerten wie die eines in die Enge getriebenen Tieres.*

*Wieder war es in einer Vollmondnacht geschehen und diesmal war die Erichstraße Ort der Straftat. Sie lag in der Gosse, war vor Sonnenaufgang noch im fahlen Mondlicht von einem aufmerksamen Anwohner entdeckt worden, der per Handy unverzüglich die Polizei herbeigerufen hatte. Die Spurensicherung hatte ihr Werk vollendet und auf journalistische Nachfragen vielsagend geheimnist, die Kippe dürfte wiederum von einer ›Marlboro light‹ stammen. Aber Genaues könne man erst nach gründlicher Laboruntersuchung mitteilen.*

*Bartel fürchtete derweil den unvermeidlichen Anruf des Innenministers, der natürlich wissen wollen würde, wieso das ausgerechnet in Linden geschehen konnte und ob die Polizei in Linden vielleicht doch nicht auf der Höhe der ihr gestellten Aufgaben agierte.*

*Dabei war man ansonsten über die neue Ordnung im Stadtteil hochzufrieden. Jeglicher Abfall wurde getrennt in Säcke verpackt. Keinen Zeitungsschnipsel trug der Wind durch die gefegten, geleckten, staubgesaugten Straßen, keine Bierdose zerkratzte das Schuhwerk fußballbegeisterter Jungen. Seit Raucher sich registrieren lassen mussten, um eine Lizenz für begrenzte Inhalationen in Räumen des Medizinischen Dienstes zu erhalten, kam es vereinzelt vor, dass diese Unseligen kurzzeitig den Stadtteil wechselten oder gar in fremde Orte reisten, wo sie ihr Laster im Schutz der Dunkelheit oder in unübersichtlichen Hinterhöfen zelebrierten. Dabei verwendeten sie in aller Regel eine Zigarettenspitze, um sich nicht durch einen genetischen Fingerabdruck, die gefürchtete DNA-Analyse, zu verraten.*

*Die Polizei hielt mit Rasterfahndung dagegen. Falls es sich nicht um illegal eingeführte Zigaretten handelte, konnte durch einen komplizierten Code die Tabakverkaufsstelle ermittelt werden. Meist befanden sich zudem am Filter Partikel aus der Atemluft des Rauchers, die definitiv auf Karies, Bronchialkatarrh, grippale Infekte und vieles andere schließen ließ. Über die Kassenärztlichen Vereinigungen wurden Patienten ermittelt, die Raucher und Träger einer Krankheit waren. So schloss sich der Ring immer enger um den Verbrecher, unentdeckt bleiben in jüngerer Zeit nur ganz wenige. Die meisten Verurteilten mussten Jahre auf Helgoland verbringen, seit der Sprit- und Tabak-Felsen durch rigorose Gesetzgebung jegliche Funktion verloren hatte. Die Flucht von Helgoland war in den vergangenen zehn Jahren nur einem einzigen Delinquenten gelungen, und die Polizei ging ziemlich sicher davon aus, dass er dabei ertrunken war. Allerdings wurde nie eine Leiche gefunden und so lebte bei manchem Verurteilten ein Funke Hoffnung, das alkohol- und tabakfreie Eiland irgendwann ohne Erlaubnis verlassen zu können.*

*Bartel bekam schon nach einem Tag das Ergebnis der Laboruntersuchung mit kompletter Rasterfahndung. Der Täter hatte einen polizeibekannten Namen. Er hieß Dieter Weise, war einundzwanzig Jahre alt, konfessionslos, Krankenpfleger im Siloah, wohnhaft in der Falkenstraße 17. Gute Arbeit, vermutete der Zeitungsreporter und schrak zusammen, als der Hauptkommissar wie ein Stier losbrüllte: »Sind jetzt alle wahnsinnig geworden? Will man mich in die Klapse treiben? Habe ich es nur noch mit Vollidioten zu tun?« Entgeistert wollte der Zeitungsmann eine Frage stellen, doch Bartel antwortete lautstark, ehe der seinen Mund öffnen konnte. »Das kann nicht sein, das ist ein falsches Ergebnis. Das ist vielleicht Sabotage. Weil … weil Dieter Weise seit fünf Jahren auf Helgoland einsitzt. Und da gibt es keinen Urlaub, nicht einmal eine Wochenendfreizeit. Und Weise kriegt da keine Kippe, die eine Brieftaube in die Erichstraße tragen könnte!«*

*Bartel ließ die Polizeistreifen durch Linden verstärken. Je mehr*

*Uniformierte und Zivilermittler er aufbot, desto mehr Kippen wurden in den folgenden Wochen gefunden. Victoriastraße, Elisenstraße, Schwarzer Bär, Lichtenbergplatz – und immer wieder auf dem Bergfriedhof. Bartel ahnte ein gigantisches Komplott, denn alle Kippen trugen die persönlichen Merkmale des Dieter Weise. Und der saß mit absoluter Sicherheit immer noch und ununterbrochen auf Helgoland. Für Bartel wurde immer klarer, dass dahinter nur eine weitverzweigte Terrororganisation stecken konnte. Die mussten einen echten Stummel von Weise, möglicherweise aus dessen seinerzeitigen Prozessakten, geklont und damit spurengesicherte Zigaretten geschaffen haben, die vermutlich zu beträchtlichen Schwarzmarktpreisen verbreitet wurden und letztlich noch ein größeres Ziel hatten, nämlich die freiheitlich-demokratische Grundordnung zumindest in Linden zu kippen.*

*»Wer ohne Erlaubnis raucht, weil es ihm einfach so gefällt und damit Gesetze bricht, wird auch ansonsten keine Achtung vor dem Recht haben«, kombinierte Bartel. Politische Ereignisse schienen ihm recht zu geben. Gewaltige Demonstrationen über Limmerstraße, Küchengarten, Stephanusstraße bis zum Lindener Rathaus forderten lauthals: »Gebt uns unsere Kippen wieder. Freier Rauch für freie Bürger. Schwarzmarkt: Reiche dürfen rauchen.« Am folgenden Sonnabend traten alle Lindener Gastwirte in den Streik und schenkten nur noch Cola und Limo aus. Trotz ungünstiger Witterung bildeten sich dadurch riesige Menschentrauben um die Kioske. Der Straßenverkehr brach zusammen, unübersehbare Massen von Zigarettenkippen säumten Gossen und Fußwege. Der Lindener Bezirksrat geriet mehr und mehr unter Druck, obwohl seit der letzten Wahl nur noch Nichtraucher kandidieren durften. Als die Bürgerinitiative »Verqualmt die Wahl zum nächsten Bezirksrat« Handzettel ver-*

*teilte und »die Mutigen lobt, die sich noch trauen«, kam es zu einer interfraktionellen Initiative. Eine Woche später stand das Ergebnis in den Zeitungen: »Raucht euch doch zu Tode! Zigaretten wieder freigegeben.« Linden war nun autonome Zone, Radikale sprechen gar von der »Freien Republik«. Tabakläden wurden verpflichtet, Eintritt zu erheben, durften aber ansonsten Zigaretten an alle Erwachsenen verkaufen. Die Eintrittsgelder waren in weiser Voraussicht für die Revitalisierung Helgolands bestimmt. Und Hauptkommissar Bartel? Nun ja, der wurde in den Ruhestand versetzt. Wie man hört, soll er inzwischen süchtiger Kettenraucher sein und in seinem Kleingarten am Lindener Berg nichts als Tabak anbauen.*

Der Pastor wartete, bis auch Lindemann das Ende des Textes erreicht hatte. Dann platzte es aus ihm heraus, er lachte ungehemmt.

»Bei diesen Zukunftsaussichten kann man lachen und gleichzeitig eine Gänsehaut kriegen. Aber nach dem Rauchverbot in Kneipen darf man unseren Politikern wohl auch alles andere zutrauen. Was meinen Sie, lieber Lindemann?«

»Ich bin Beamter und unterstelle unseren Politikern gar nichts. Aber da der Text eine reine Erfindung ist, Wimmer hat doch auch ›Satire‹ gesagt, gefällt er mir. Tabakanbau am Berg … Toll. Mein Großvater hat auch Tabak angebaut – in der Nachkriegszeit. Meine Mutter erzählte immer von einer langen Schnur, die in der Küche hing und daran trockneten die Tabakblätter. Die hießen damals ›Bahndamm Schattenseite‹.«

Sauerbier nickte. »Das war seinerzeit in allen Haushalten üblich. Es gab ja auch nichts.«

Seine Miene hellte sich auf, es schien ihm gerade ein besonderer Gag eingefallen zu sein.

»Seien Sie nicht so unkritisch gegenüber der Politik. Jeder weiß doch, wie bei denen der Hase läuft. Wissen Sie eigentlich, wo der Begriff herkommt ›wie der Hase läuft‹? Natürlich wissen Sie das nicht. Ich erzähle Ihnen die Geschichte:

*Ein Hase rast panisch über ein Feld. Ein anderer Hase sieht das und schließt sich vorsichtshalber an. Irgendwann bleiben sie völlig ausgepumpt stehen. Da keine Verfolger zu sehen sind, fragt der zweite Hase: Warum fliehen wir?*

*Sie haben eine neue Verordnung erlassen, informiert der erste Hase. Danach wird jedem Hasen das fünfte Bein abgesägt.*

*Dann haben wir doch nichts zu befürchten, wir haben vier Beine, wirft der zweite Hase überrascht ein.*

*Du kennst sie nicht, meint der erste Hase. Erst sägen sie, dann zählen sie.*«

Sauerbier schüttete sich aus vor Lachen. Lindemann schaute eher leidend.

»Das ist doch nun wirklich an den Haaren herbeigezogen«, klagte er.

Der Pastor schüttelte den Kopf. »Das ist Satire. Natürlich ist Satire auch Witz, kitzelt den Lacher heraus, hat aber immer ein Bein in der Wirklichkeit.«

»Wie Pantels Geschichte vom totalen Rauchverbot?«

»Wie Pantels Geschichte vom totalen Rauchverbot«, bestätigte sein Gegenüber.

»Warum hat Pantel das geschrieben? Sie meinen doch nicht ernsthaft, dass er einen realen Ansatz dafür hatte?«

»Nein. Aber ich sehe immer deutlicher einen Mann, der aus der Enge seiner Redaktionsstube heraus will, der etwas Neues anfangen möchte. Ja, vielleicht will er Karriere machen. Vom Fernsehen war doch auch schon die Rede. So ein Mann will seine zukünftigen Chefs beeindrucken.«

»Das könnte gelingen«, nickte Lindemann. »Uns hat er mit seiner Geschichte immerhin auch beeindruckt.«

»Gut, dass Sie das als Beamter zugeben«, lobte Sauerbier und schlug Lindemann jovial auf die Schulter.

## 25.

Es war Monika, die freudestrahlend die Tageszeitung schwenkte, als sie im Garten erschien. »Wir kommen zu unserer Wohnung, vielleicht sogar zu einem Haus. Meine Tante hat mir doch etwas mehr hinterlassen, als ich geglaubt habe«, begrüßte sie Lindemann. Der stellte sich dumm.

»Und das steht in der Zeitung?«

»Nein, da steht etwas ganz anderes. Hier:

***Bauen in der Stadt wird immer beliebter***

*Während im Umland die Zahl der neugebauten Einfamilienhäuser (EFH) beständig sinkt, wächst sie in der Stadt rasant. Allein im vergangenen Jahr wurden 428 Eigenheime im Stadtgebiet fertiggestellt – vor zehn Jahren waren es nur 136. Im Umland dagegen sank die Zahl der Fertigstellungen seit 1997 von 1268 auf aktuell 864. Der regionsweite Anteil der Eigenheimneubauten in der Stadt stieg damit von zehn auf mittlerweile 33 Prozent. Die Stadtplanung führt das auf ihre »intensiven Bemühungen« zurück, den Eigenheimbau zu fördern, um der Abwanderung von sozial und wirtschaftlich stabilen Familien ins Umland entgegenzuwirken, wie ein Statistiker jetzt im Bauausschuss des Rates berichtete.*

*Landesweit registrieren die Behörden wieder ein zunehmendes Bauvolumen bei Geschosswohnungen. Insbesondere große, hochwertige und innenstadtnahe Geschosswohnungen seien wieder gefragt, berichtete der Stadtbaurat.*

*Darauf reagiere die Stadt mit dem Versuch, attraktive Flächen in der Kernstadt auszuweisen. »Die Signale aus der Wohnungswirtschaft zeigen uns, dass eine große Nachfrage nach solchen Flächen besteht.«*

»Attraktive Flächen in der Kernstadt, das könnte bei uns vor der Haustür sein«, kommentierte Lindemann.

»Na, ganz so nah werden die uns nicht kommen«, schränkte Monika ein.

»Näher als du glaubst. Oben auf dem Berg beginnen sie schon, die Gebäude des Naturheilvereins abzureißen.«

Monika war entsetzt. »Ist das mit der Bodenverseuchung tatsächlich so schlimm?«

»Nein. Die Gebäude sind völlig verschimmelt. Da lasse sich angeblich nichts mehr sanieren. Außerdem ist der Naturheilverein so gut wie ausgestorben. Zuletzt waren da nur noch Amateurfunker und irgendeine türkische Gemeinschaft drin.«

»Das geht jetzt aber alles ziemlich schnell«, bemerkte Monika.

»Nicht beim Naturheilverein. Denen hat das Gesundheitsamt schon vor Jahren die Küche versiegelt, weil die Hygiene völlig vor die Hunde gegangen war. Da durfte nichts mehr gekocht und gegessen werden. Die konnten sich nur noch mit Kaffee aus der Thermoskanne und Flaschenbier erfrischen. Ich denke, die Kleingärtner oben sind froh, dass der Fremdkörper aus ihrer Kolonie verschwindet.«

»Wird dann da gebaut?«

»Ich fürchte, da passiert erst einmal gar nichts. Da stehen uralte Bäume. Und nur die haben Schutz. Die Baumschutzsatzung garantiert ihren Bestand.«

Monika schüttelte den Kopf. »Mir scheint, in unserem Land haben Bäume mehr Rechte als Menschen.«

Lindemann dachte an Tina und nickte wortlos.

»Ich koche uns jetzt einen schönen Kaffee. Gleich kommt Sauerbier.«

»Der trinkt doch lieber Bier.«

»Eben deshalb koche ich doch Kaffee.

Sauerbier erschien wie auf Bestellung. Er packte sein schwarzes Notizbuch aus und verkündeter mit wichtiger Miene: »Ich habe Heinz Gärtner aufgespürt. Was sagt ihr nun?«

Monika und Lindemann sagten gar nichts.

Sauerbier irritierte die Gleichgültigkeit seiner Zuhörer. Er setzte nach.

»Das ist beim jetzigen Stand meiner Ermittlungen die zentrale Figur. Ich weiß zwar nicht, wie der ins Bild passt, aber er passt ins Bild.«`

»Und was ist das für ein Typ«, wollte Lindemann wissen.

»Das weiß ich auch nicht. Aber der verkehrt hier in der Kolonie, hat Kontakte zu diesem und jenem Kleingärtner.«

»Zu wem?«

»Das ist mir auch noch nicht bekannt. Aber wir werden es rauskriegen. Aus sicherer Quelle weiß ich, dass er heute

Abend hier auftaucht. Wir werden auf der Lauer liegen. Sie und ich.«

»Und ich auch«, warf Monika ein.

Der Pastor schaute zweifelnd. »Ich weiß nicht, ob dieses Unternehmen etwas für Frauen ist.«

Monika war empört. »Also, Herr Pfarrer, in welchem Jahrhundert leben Sie denn? Und im Übrigen: Ich bin volljährig, habe schon meinen eigenen Perso.«

»Perso? Hieß das nicht Lappen?«

»Nein, ein Lappen ist der Führerschein.«

Sauerbier fügte sich in das Unvermeidliche und nutzte die Chance des Nachgebens, von Kaffee auf Bier umzusteigen. Und wenn man vielleicht noch einen kleinen Schnaps, es müsste beileibe kein Calvados sein ... Und selbstverständlich sei Monika mit von der Partie, verkündete er, als die angefrorene Wodkaflasche aus dem Gefrierfach geholt wurde.

Als die Sonne schon weit im Westen stand, schleppte man drei Campingstühle und eine gefüllte Kühltasche zum Parkplatz, wo man sich hinter einer Hecke unsichtbar postierte.

»Sind Sie bewaffnet?«, fragte Lindemann den Pastor eher zur Belustigung.

»Was denken Sie von mir. Ich glaube an das Gewaltmonopol des Staates.«

»Der Staat ist nicht unmittelbar anwesend«, gab Lindemann zu bedenken.

»Doch. Sie sind Beamter«, meinte Sauerbier bestimmt.

»Ich habe nicht einmal ein Taschenmesser bei mir.«

»Dann schießen wir wenigstens nicht zuerst«, murrte der Pastor.

»Und auch nicht zuletzt«, beendete Monika den kindischen Dialog der beiden Männer.

Als die zweite Flasche Bier geöffnet war, fuhr langsam und vorsichtig ein Kastenwagen auf den Parkplatz. Die Dämmerung tauchte das Gelände in fahles Licht. Man sah, dass ein Mann dem Wagen entstieg. Seine Gesichtszüge waren nicht zu erkennen. Trotzdem flüsterte Lindemann mit Bestimmtheit: »Das ist er!«

Der Pastor fauchte zurück: »Woher wollen Sie das wissen, Sie kennen den Mann doch gar nicht.«

Lindemann blieb fest. »Schauen Sie mal auf den Wagen. Der fährt seine Visitenkarte spazieren.«

Nun erkannte auch Sauerbier, dass auf der geöffneten Ladetür in deutlichen Buchstaben ein Name stand: Heinz Gärtner. Der Mann hob zwei schwere Taschen heraus und schlug die Tür zu. Unter der Last seines Gepäcks ging er langsam zum ersten Gartenweg und bog ein.

»Los, hinterher«, befahl Sauerbier. »Und Sie, Lindemann, notieren die Gartennummern, wo der Mann hingeht.«

Da der Gartenweg unbeleuchtet war und nur wenig Mondschein durch Bäume und Büsche drang, konnten sie unerkannt folgen.

»Da ist er reingegangen, schreiben Sie die Gartennummer auf.«

»Ich weiß auch so, dass es der Garten von Beate Sielig ist.«

»Schreiben Sie auf«, beharrte der Pastor. Lindemann notierte »204«. Nach wenigen Minuten kam der Mann mit seinen Taschen wieder heraus und steuerte den nächsten Garten an.

»Jetzt geht er zu Holbrich, 211.«

Nach fünf Minuten ging das Spiel weiter.

»Wohin geht er«, drängelte der Pastor.

»Moment.« Lindemann spähte in das Dunkel, dann hörte man Geräusche an einer Gartentür, die offensichtlich verschlossen war.

»Das ist der Garten von Wortmann. Aber die kommen nicht mehr, wegen ihrer Kinder.«

Der fremde Besucher schien sich sehr sicher bei seinem Tun. Zweimal rief er laut »Hallo« in den dunklen Garten, doch es rührte sich nichts. Nach einer Minute ging er weiter und erreichte nach fünfzig Metern sein nächstes Ziel.

»Stokelfranz«, flüsterte Lindemann. »Nummer 286.«

Nach zehn Minuten war der Mann immer noch nicht aus der Laube des Nachbarn und das Detektivtrio wurde unruhig.

»Wieso braucht der bei Stokelfranz so viel mehr Zeit als bei den anderen«, wollte Sauerbier wissen.

»Keine Ahnung«, bekannte Lindemann. Nur Monika flüsterte: »Stokelfranz ist eben ein geselliger Mensch.«

In dem Moment kam der Mann aus Stokelfranz' Garten und schickte sich an, seinen Weg zurückzugehen.

»Rückzug«, befahl Sauerbier. Lindemann ergriff die Initiative und lotste die Gruppe zu einem Garten, dessen Pforte unverschlossen war.

»Hier rein, bis er vorbei ist«, kommandierte nun Lindemann.

Der Mann fühlte sich eindeutig unbeobachtet, warf keinen Blick zurück oder zur Seite und stapfte mit seinen beiden Taschen vorbei. Die drei folgten in sicherem Abstand. Am Eingang zum Parkplatz verharrten sie. Der Mann öffnete die Ladetür und schob die Taschen hinein. Wie von der Tarantel gestochen sprang Sauerbier plötzlich auf, rannte zum Fahrzeug und warf sich auf den Mann. Der wehrte den unerwarteten Angriff geschickt und mit ziemlicher Kraft ab, schubste den Pastor Lindemann und Monika entgegen. Alle drei strauchelten. Das gab dem Fremden Gelegenheit, in sein Fahrzeug zu springen und es in Gang zu setzen. Mit heulendem Motor verließ er den Parkplatz und verschwand im Dunkel.

## 26.

In Lindemanns Laube kam sofort eine Wodkaflasche auf den Tisch. Selbst Monika kippte den russischen Kornsprit in einem Zug hinunter. Sauerbiers Anzug war sichtlich ramponiert, was ihn aber nicht zu beeindrucken schien.

»Polizei«, sprach er gedehnt.

»Ja, Polizei. Die Detektivspielerei war hinreichend spannend, aber das kann nun niemand mehr verantworten. Stellen Sie sich vor, der Mann wäre bewaffnet gewesen. Nicht auszudenken.«

Sauerbier stutzte. »Was macht Sie so sicher, dass er nicht bewaffnet war? Diese Typen sind immer bewaffnet. In deren Geschäft ist ein Ballermann wichtiges Handwerkszeug.«

»Um Gottes willen«, stöhnte Monika und goss noch einmal eine Runde Wodka nach.

»Das ist kein Tatort-Krimi«, deklamierte Lindemann, »das ist die Realität. Wenn der Mann bewaffnet war, hätten Sie ihn nicht angreifen dürfen.«

»Man muss nicht immer so zimperlich sein«, entschuldigte sich der Pastor.

»Gehen wir zur Polizei?« Lindemann erhob sich von seinem Stuhl.

»Aber doch nicht jetzt«, wehrte der Pastor ab. »Mitten in der Nacht haben die etwas anderes zu tun, als eine Anzeige aufzunehmen.«

»Aber gleich morgen früh. Wir treffen uns um neun Uhr bei der Polizeiinspektion in der Gartenallee«, verlangte Lindemann.

Die Polizeivilla war beeindruckend, doch für die Ordnungshüter längst zu klein. Schon bald würde die Polizeiinspektion West in den Betonklotz Ihme-Zentrum einziehen, der durch massive Umbauten sein Ansehen zu verbessern gedachte.

Lindemann war pünktlich und der Pastor erschien mit wenigen Minuten Verspätung. Monika musste ihrem Schuldienst nachgehen.

An einem Schalter empfing eine junge Polizistin in Uniform die beiden Männer.

»Eine Anzeige wollen Sie erstatten. Ja, dann erzählen Sie mal.« Sie mühte sich mit einem Formblatt ab, doch als der Name Heinz Gärtner fiel, wurde sie hellhörig. Sie wiederholte fragend den Namen und griff zum Telefon, informierte einen Kollegen im Haus. Der kam ziemlich prompt und bat die Herren Lindemann und Sauerbier in sein Büro.

»Kriminalhauptkommissar Peter Stoll«, stellte er sich vor. Geduldig hörte er sich die Geschichte des vergangenen Abends an, notierte ab und an etwas, schaute dann wieder dem jeweils Erzählenden fest in die Augen.

»Darf ich mal Ihre Personalausweise sehen?«

Er notierte routiniert und fragte dann: »Wo ist die Frau?«

Die beiden stutzten. Wohlweislich hatten sie bei ihrer Erzählung auf die Erwähnung Monikas verzichtet, es schien ihnen unwichtig zu sein. Woher wusste der Polizist …?

»Sie waren doch drei. Sie beide und eine Frau. Ich habe eine Anzeige gegen unbekannt wegen eines Überfalls auf Willi Heinz. Zeitpunkt und Tatort sind genau identisch mit dem, was Sie hier vorgebracht haben. Mir scheint, Sie wissen, worum es geht.«

Lindemann schaute den Pastor, der schaute wiederum fragend zurück.

»Also, wer ist die Frau?« Die Stimme des Polizisten war eine Spur schärfer geworden.

»Ich blicke zwar überhaupt nicht mehr durch, aber Sie meinen sicher meine Partnerin Monika Holtfort. Wer zum Teufel ist Willi …Wie hieß der doch gleich?«

»Willi Heinz. Ist das der Mann, gegen den Sie unter völliger Umdrehung der Tatsachen nun ihrerseits Anzeige erstatten wollen?«

»Wieso sind das Tatsachen, was der erzählt?«, wollte der Pastor wissen.

»Weil«, der Polizist zwang sich zur Geduld und sprach wie mit einem kranken Kind, »weil Sie selbst zugaben, sich auf den Mann gestürzt zu haben.«

»Der hieß aber nicht Willi Heinz. Der hieß Heinz Gärtner.«

»Hat er sich Ihnen beim Handgemenge vorgestellt?«

»Natürlich nicht. Aber auf seinem Fahrzeug stand deutlich lesbar Heinz Gärtner.«

»Lieber Herr Sauerbier«, der Polizist trommelte mit dem Kugelschreiber auf der Schreibtischplatte, »der Mann heißt

Willi Heinz und ist von Beruf Gärtner, Besitzer einer kleinen Gärtnerei. Fragen Sie die Nachbarn in Ihrer Gartenkolonie, viele kennen ihn dort als Lieferant von Samen und Knollen, wie er ausgesagt hat.«

Jetzt wurde Lindemann unruhig, spürte Ungereimtheiten und Widersprüche.

»Wenn der Mann so ganz legal und ehrenwert mit Samen handelt, warum macht er das zwischen Dämmerung und Dunkelheit? Der scheut doch offensichtlich das Licht des Tages.«

Der Polizist schüttelte den Kopf. »Nein, Herr Lindemann. Der Mann betreibt ein Geschäft. Der hat keine Angestellten, kann seine Auslieferungen erst nach Geschäftsschluss tätigen. Es war ja kaum jemand in der Gartenanlage am späten Abend.«

Lindemann sah das Unrecht auf sich zukriechen, fühlte peinliches Unbehagen. Der Pastor schien selbstsicherer.

»Das muss ich erst einmal überprüfen«, verkündete er.

»Wir überprüfen hier, nicht Sie«, konterte der Polizist scharf, »und wir haben überprüft. Die Tatsachen sind eindeutig. Vielleicht sollten Sie sich besser um einen guten Anwalt kümmern, denn ein Überfall ist kein Kavaliersdelikt. Sie hören von uns. Guten Tag, meine Herren.«

Zwei begossene Pudel schlichen aus der Polizeiinspektion West, konnten nicht begreifen, dass eindeutige Tatsachen mehr als zweideutig geworden waren und sich gegen sie – die Kämpfer für Recht und Ordnung – gewendet hatten.

# 27.

Beim wöchentlichen Turnen traf Monika diesmal auf eine aufgeregte Marion.

»Ich muss unbedingt mit dir reden. Ich weiß einfach nicht mehr weiter. Vor allem weiß ich nicht, wem ich trauen kann und wem nicht. Du musst mir helfen. Mir ist heute nicht nach Gymnastik, ich gehe gleich ins Café K. Kommst du hinterher rüber, bitte?«

Monika besaß einen ausgewachsenen inneren Schweinehund, der gern bereit war, auf schweißtreibende Anstrengungen zu verzichten. Einer Freundin zu helfen, sei erste Pflicht, meinte der Schweinehund lockend und Monika fand kein Argument, ihm zu widersprechen.

»Also, gehen wir gleich«, stimmte sie zu und hakte die deprimierte Freundin unter. Nachdem der Cappuccino serviert war, zog Marion einige gefaltete Blätter aus der Handtasche. Sie glättete die Bogen, schaute sich um und flüsterte: »Das ist der Ausdruck von einer CD, die ich zwischen zwei Büchern in meinem Regal gefunden habe. Die kann nur von Mike sein. Es ist sein Thema. Und da taucht auch der Name Heinz Gettner wieder auf.«

Monika erstarrte. »Heinz Gärtner meinst du?«

»Nein, Heinz Gettner, ich habe dir doch davon erzählt. Gettner oder Gärtner, ist auch egal.«

»Das ist überhaupt nicht egal«, protestierte Monika.

»Nicht so laut, die Leute gucken schon. Was hast du denn nur mit dem Gettner?«

Monika atmete tief durch. »Das ist eine längere Geschichte, die erzähle ich dir hinterher. Jetzt bist du erst einmal dran.«

Marion zeigte auf einen Lageplan. Die Überschrift war klar zu lesen: Lindener Berg, Westhang. Vorgesehene Prüfstellen. Bodenuntersuchung 1824/B II., 28.6. Auf der Karte waren acht markierte Punkte zu erkennen. Unten trug die Karte eine unleserliche Unterschrift und das Datum 12. Juni.

Auf dem nächsten Bogen war der gleiche Plan zu sehen, die gleichen acht markierten Punkte. Allerdings stand da nur Einsatzplan, 25.6.

6., die Ziffern hatte jemand mit einem gelben Textmarker deutlich hervorgehoben.

Ein letztes Blatt war scheinbar der Anfang eines Artikels oder Buchmanuskriptes.

»Wie man auch heute noch ganz schnell Millionär werden kann. Belastete Gärten werden zu Bauland. Ein Strategiespiel für Fortgeschrittene. Von Heinz Gettner.«

Marion schaute die Freundin fragend an. »Da stand was in der Zeitung, ich habe es gelesen. Dein Freund hat doch da auch einen Garten, oder?«

Monika bestätigte und versuchte sich aus den drei Blättern einen Reim zu machen.

»Mike hat sich immer noch nicht gemeldet. Der würde mich doch nicht einfach hängen lassen. Vielleicht ist ihm etwas Schlimmes passiert? Womöglich hängt das hiermit zusammen. Was meinst du?«

»Mir ist das unklar. Darf ich die Blätter mitnehmen? Vielleicht kann sich Pastor Sauerbier einen Reim darauf machen.«

»Gehst du zur Beichte?«, fragte die Freundin überrascht.

Monika legte ihre Hand auf Marions Arm. »Keine Angst, dem Sauerbier kannst du auch ohne Beichte voll vertrauen.« Sie fragte sich, was Sauerbier von der Information halten würde, Heinz Gärtner sei eigentlich Heinz Gettner? Eine Kiste Bier und eine Flasche Calvados waren das Mindeste an Entschädigungsleistung, darüber war sich die Frau im Klaren.

Würde sie in einem Gerichtsverfahren wegen des Überfalls auf den Gärtner aussagen müssen? Ganz sicher, bestätigte sie sich selbst. Wie hieß es doch? »Vor Gericht und auf hoher See ist man allein in Gottes Hand.« Zur eigenen Entlastung erzählte sie Marion die Geschichte, in der ein biederer Gärtner von eifrigen Detektiven in die kriminelle Ecke gedrängt wurde.

## 28.

Kolonieleiter Golke hatte ein langes Gespräch mit dem Vorstand des Kleingärtnervereins Linden geführt. Es ging um Bestandsschutz für die Gärten, um die Zukunft innerstädtischer Anbau- und Erholungsflächen, um besorgniserregende Gerüchte über die Zukunft der Sonnenseite des Lindener Bergs.

Zur eigenen Beruhigung sprach er aus dem Gedächtnis Verse, die sich seit seiner Schulzeit dort gesammelt hatten und jederzeit abrufbereit schienen.

»Im Osten geht die Sonne auf, im Süden ist ihr Tageslauf, im Westen wird sie untergehen, im Norden ist sie nie zu sehen.« Ein Ohrwurm der frühen Jahre. Generationen hatten so die Himmelsrichtungen kennengelernt. Vermutlich hatte sich daran bis heute nichts geändert und in der Grundschule am Lindener Markt würde der Lehrplan immer noch diese überholte Fehleinschätzung pauken lassen.

Sprichworte schienen gegen wissenschaftliche Erkenntnis immun.

Und was tun, wenn es blitzt und donnert? »Eichen musst du weichen, Buchen musst du suchen, Linden musst du finden.« Dieser Spruch konnte im Zweifel das Leben kosten. Bäume waren sich darin gleich, bei Gewittern ohne Unterscheidung Blitze magisch anzuziehen.

Linden musst du finden – wie doppeldeutig der Spruch war, dachte Golke. Er hatte Linden gefunden. Den Kiez, den er gegen keinen anderen auf der Welt eintauschen würde. Den würde er mit Zähnen und Klauen verteidigen, nicht weil er der schönste Punkt auf Erden war – wer wollte das schon wissen. Vielmehr bedeutete Linden Heimat, und das wog schwerer. Heimat verändert sich zuweilen und bleibt doch Heimat, das hatte sein Gespräch mit dem Vereinsvorstand noch einmal bestätigt.

»Der Grund und Boden gehört nun einmal der Stadt«, hieß es mit bedauerndem Achselzucken. Früher habe man einmal einen Vertrag über Bestandsschutz gehabt, der fünfundzwanzig Jahre Gültigkeit besaß. Dieser Vertrag sei längst abgelaufen, und einen neuen schloss die Stadt kategorisch aus.

»Wie sicher sind unsere Gärten am Berg?«, wollte Golke im Interesse seiner Gartenfreunde wissen. Das war die Frage aller Fragen. Eine Antwort darauf gab es vielleicht in irgendeiner Rathausschublade, wo Zukunftspläne auf ihre Verwirklichung warteten. Der Vereinsvorstand der Kleingärtner kannte die Antwort nicht.

»Je lauter das Gerede über versiffte Böden, umso schneller

wird dein Garten zu Bauland«, hatte man ihm noch auf den Weg mitgegeben. Mit der eigenen Internetpräsenz des Vereins sollte das Bild trauter Eintracht aufrechterhalten werden. Da konnte sich immer noch jeder Kleingärtner und jeder neue Interessent beruhigt zurücklehnen.

*»Bei städtebaulichen Veränderungen am Lindener Berg konnten durch langwierige Verhandlungen seitens der Vereinsvorstände bis heute einvernehmliche Lösungen zum Wohle der Gartenfreunde erreicht werden, sodass die Kleingärten durch Bebauungspläne als Dauergärten abgesichert sind. Das heutige Vereinsgelände umfasst ein Areal von rund 29,2 Hektar.«*

»Im Süden ist ihr Tageslauf«, sprach Golke vor sich hin. Kampflos wollte er seine Parzelle nicht räumen, das stand nun einmal fest. 29,2 Hektar waren gegen gierige und schmierige Spekulanten zu verteidigen. 29,2 Hektar. Golke nahm einen Kugelschreiber und begann auf dem Rand der Tageszeitung eine Berechnung.

Ein Hektar sind 10 000 Quadratmeter. Dann sind 29,2 Hektar 292 000 Quadratmeter. Was mochte ein Quadratmeter Bauland am Lindener Berg wert sein? Er blätterte bis zum Immobilienteil der Zeitung. Grundstücke am Berg wurden dort nicht angeboten. Noch nicht, seufzte Golke. Er las die Quadratmeterpreise in anderen vergleichbaren Lagen. Da wurden leicht zweihundert Euro gefordert.

Golke rechnete. Wenn das stimmte, was er auf dem Papier zusammen bekam, war das Gartengelände mehr als achtundfünfzig Millionen Euro wert. Von den Kleingärtnern bekam die Stadt jährlich zweiundvierzig Cent pro Quadratmeter an Pacht. Das galt natürlich nur für die Gartenflächen, nicht für Wege, Wiesen und Versorgungsbereiche. Golke kalkulierte über den Daumen: Es gab 600 Gärten, die im Durchschnitt 400 Quadratmeter groß waren. Da blieben also 240 000 Quadratmeter. Mal zweiundvierzig Cent brachte das jährlich ungefähr 90 000 Euro in die städtischen Kassen. 90 000 zu 58 Millionen!

»Im Westen wird sie untergehen, im Norden ist sie nie zu sehen«, pfiff der Kolonieleiter vor sich hin.

## 29.

Lindemann war es neben allen anderen Peinlichkeiten äußerst unangenehm, Nachbar Stokelfranz wegen des abendlichen Besuchs durch den Gärtner Heinz in die kriminelle Ecke geschoben zu haben. Natürlich nur kurzzeitig, aber immerhin. So etwas vertrug sich nicht mit dem Ethos eines deutschen Beamten. Wiedergutmachung war angesagt. Und so fragte er – so arglos wie möglich – Stokelfranz nach den Vorzügen der Heinz'schen Sämereien.

Die seien top, nicht ganz billig, dafür ohne Blindgänger, wie bei den Supermarkt-Angeboten. Er vermittle Aufträge an Heinz und bekomme dafür auch seinen Teil, den er sich bei Hartz IV sonst eigentlich nicht leisten könnte. Wenn Lindemann wolle … er würde ihn gern auf die Liste des Gärtners Heinz setzen.

Lindemann wollte, schon um der Buße willen. Im Katalog, den er von Stokelfranz bekam, trug er eine großzügige Bestellung ein, vor allem Blumen wollte er sich für Monika leisten. Stokelfranz war es zufrieden und Lindemann dankte dem

Himmel, seine moralischen Prinzipien einigermaßen preisgünstig zurechtgerückt zu haben.

Zu gleicher Zeit trat Pastor Sauerbier seinen Bußgang nach Canossa an. Er entschuldigte sich in aller Form bei Willi Heinz und versprach, den Gärtner in sein abendliches Gebet aufzunehmen. Möglicherweise war es das, was den zur Zurückziehung seiner Anzeige bewog. Jedenfalls fühlte sich Sauerbier mit einem blauen Auge davongekommen. Der unangenehme Polizist könnte ihn nun einfach mal … Er entschloss sich, Lindemann die frohe Botschaft gleich zu übermitteln.

»Gut, dass Sie kommen«, grüßte der Kleingärtner. »Monika hat etwas Wichtiges aufgetrieben. Aber vorweg: Wie war es beim Gärtner?«

»Er gibt uns Generalabsolution. Keine Anzeige, keine weiteren Verhöre, kein Anwalt und kein Gericht. Wenden Sie sich in allen problematischen Fragen vertrauensvoll an Ihren Seelsorger«, verkündete der Pastor mit Siegermiene.

Lindemann war über alle Maßen froh und schob dem Pastor die drei Blätter zu, die Monika von Marion bekommen hatte.

Sauerbier prüfte angestrengt, ging die Papiere immer wieder durch, mischte die Reihenfolge gelegentlich und blickte seinen Komplizen bedeutungsschwer an.

»Wenn ich das interpretieren soll … Da hatte jemand Zugang zu einem amtlichen Plan vom 12. Juni, der Bodenuntersuchungen am 28. des Monats ankündigte. Genau rechtzeitig am 25. wurden diese Stellen mit … sagen wir mal … einer giftigen Brühe präpariert, um ganz bestimmte Untersuchungsergebnisse zu erzielen. So eine Art Ergänzung zu den Giftfässern im Teich.«

Lindemann war unbefriedigt. »Es gibt doch wirklich Altlasten am Berg, hier wurde vor allem zwischen den beiden Weltkriegen Industriemüll vergraben. Und was vorher da verbuddelt wurde, weiß kein Mensch. Hier gibt es jede Menge Schächte und Stollen, die findet man auf keiner Karte. Der Berg arbeitet, da drückt manches nach unten ins Grundwasser und anderes nach oben in unsere Beete. Warum muss man zum Gift noch Gift hinzufügen?«

Sauerbier bemühte seine reiche Lebenserfahrung. »Wer um Millionen pokert, will ganz sichergehen«, mutmaßte er.

Einige Gärten weiter saß der Kolonieleiter Golke und überlegte, was nun zu tun sei. Hatte er bisher alles richtig gemacht? Er blickte auf sein Leben zurück.

Eine friedliche Frühlingslandschaft. Und ein junges Mädchen. Lange blonde Haare, schlank aber nicht mager, hochaufgeschossen, intelligent. T-Shirt, Jeans und Stiefel. Ja Stiefel, diese eigentlichen Arbeits-, Wander- und Militärschuhe. Stiefel, rot und eng, mit Stulpen und erhöhten Hacken. Stiefel, die an nichts so wenig erinnerten wie Arbeit, Wandern oder Krieg. Sie saß in einer Schaukel. Mal schwebte sie davon, mal näherte sie sich. Alles ausgewogen und nicht veränderbar. Wie sie selbst. Ein Traum, der den Tag verhüllte. Das Absolute, das keinen Widerspruch duldete. Die Antwort auf alle Fragen. Zentralpunkt göttlicher Schöpfung.

Er wollte sich ihr nähern, doch dieses Verlangen ließ die Erinnerung schwinden. Golke trennte sich leidend von der Szene, die nun schon vierzig Jahre her war. Was blieb, war die friedliche Frühlingslandschaft. Doch die war real, war kein Produkt eines funktionierenden Langzeitgedächtnisses. So real wie der Lauf der Erde um die Sonne, die Existenz des Saturn-Mondes Titan, auf dem schon ein von Menschen gefertigtes Labor tätig wurde. Was trieb die Erde an bei ihrer Wahnsinnsfahrt durchs All? Was sorgte für gleichmäßige Achsumdrehungen, was für den immer lebensfreundlichen Abstand zur Sonne?

Zufall, Physik, Evolution. Zufall ist es, wenn du am Samstag einen Sechser im Lotto hast. Was aber, wenn du an jedem Samstag im Jahr einen Sechser im Lotto hättest? Wäre das immer noch Zufall?

Ob es ein Leben nach dem Tode, Himmel und Hölle gibt, mag für den Menschen um zwanzig unerheblich sein, weit weniger wichtig, als die Gunst des Mädchens mit den roten Stiefeln, die unbedingt durch Stulpen erkennbar sein müssen. Mit sechzig ist die Gunst der Schönen zumeist reine Rhetorik, aber das »näher mein Gott zu dir« lässt sich aus der Anzahl der Todesanzeigen in der Tageszeitung ablesen, die einen Menschen betrauern, der nicht einmal die Sechzig schaffte.

Was nach dem Tode kommt, weiß kein Mensch, aber jetzt zählte die Zeit vor dem Tode. Golke war sich sicher, auf der richtigen Seite zu stehen und die richtigen Schlüsse zu ziehen. Das Mädchen mit den roten Stulpenstiefeln war unerreichbar, damals wie heute. Aber sein Gartenland würde er teuer verkaufen, das stand nun mal fest.

# 30.

Lindemann hätte für seinen Urlaub keine bessere Zeit wählen können. Das herbeigesehnte schöne Wetter hatte sich fest etabliert, Wolken waren selten und Regentropfen eine glatte Fehlanzeige. Die Sonne brannte ihre Energie spürbar ab und zeigte damit einen möglichen Weg aus der beginnenden Versorgungskrise mit fossilen Rohstoffen.

Lindemann amüsierte sich über Meldungen aus dem Urlaubsparadies Mallorca, wo das Wetter Kapriolen schlug. Es gab in diesem Jahr für die Erholung tatsächlich keine bessere Zeit und keinen besseren Ort als das heimische Linden.

Lindemann sah sich zum Handeln gezwungen. Er nahm den kalten Stahl in die Hand und prüfte den Lauf. Seine Finger waren ruhig, kein Zeichen von Nervosität. Lindemann zielte auf den Punkt neben der Eingangspforte und schoss ohne weitere Überlegung. Der Wasserstrahl dehnte sich in die Länge und traf den Rosenbusch genau in der richtigen Höhe. Niemand beobachtete ihn und das war gut so. Erinnerungen kamen auf, wie er und seine Freunde nach einem Western das Kino verließen und breitbeinig die Straße entlangschlenderten. Eine imaginäre Kanone im Gürtel, immer schussbereit. Wie lange war das her? Auch in den Filmen hatte die Sonne regelmäßig vom Himmel gebrannt.

War das der Anfang der Klimakatastrophe, wie einige Zeitungen schrieben? Oder einfach nur ein selten schöner Sommer? Vermutlich beides, dachte Lindemann. Dabei klopften neue Gefahren an die Tür. Zecken traten in diesem Jahr so zahlreich auf wie nie zuvor. Und das dürfte durchaus mit dem

Klimawandel zu tun haben. Lindemann spritzte in seine Anlage, als könne er dadurch die Zeckeninvasion aufhalten. Selbst eine Serie schöner Tage war längst nicht mehr Anlass ungetrübter Freude. Das machte ihn an diesem heiteren Sommertag unfroh.

Plötzlich sank der Wasserdruck im Schlauch gegen null. Lindemann dachte an leere Talsperren und Riesenkakteen im Wilden Westen. Wie gut waren die wasserversorgenden Stadtwerke auf einen langen heißen Sommer eingestellt? Betrieb man dort Vorsorge für den Ernstfall? Er zerrte an der Wasserspritze und die gab plötzlich wieder kühles Nass frei. Der Schlauch war hinter einem Busch abgeknickt. Lindemann kannte das Phänomen, aber bisher hatte es ihn nie erschreckt. Er versuchte, sich zu beruhigen. Der Wasserbehälter auf dem Berg dürfte mit seinen 13.000 Kubikmetern noch über ausreichende Reserven verfügen, sonst wäre das Spritzen von Gärten und Autos längst verboten worden.

In Lindemanns Hosentasche klingelte das Handy mit einem blechernen Kikeriki. Der Ton rief allgemein immer wieder Belustigung hervor, was Lindemann eher unangenehm war. Er hatte den schrillen Schrei nur ausgewählt, weil der als einziger hörbar war, wenn das Handy mal außer Reichweite anschlug.

Pastor Sauerbier kündigte sein Erscheinen an. Das wunderte Lindemann. Bisher war Hochwürden gekommen und gegangen, wann immer es ihm beliebte. Vielleicht wollte der Mann nur sichergehen, dass hinreichend Bier kaltgestellt war.

»Oma Kasten kommt auch, es wird Sie doch nicht stören«, klärte er den Besucher auf, auch um definitiv klarzustellen, welche Getränke bei ihm zu erwarten waren. Sauerbier zeigte sich unbeeindruckt und bestätigte mit warmen Worten, Lindemanns Wohnungsnachbarin über alle Maßen zu schätzen.

Zuerst kam Monika. Sie brachte einen Kaffeekranz mit, der zum beliebtesten Gebäck zahlreicher Kleingärtner gehörte. Außerdem habe Marion angerufen. Die sei vollkommen verunsichert, ob sie die CD vielleicht doch der Polizei aushändigen müsse. Aber was würde Mike Pantel dazu sagen, wenn er auftauchte und sicher sofort nach der Scheibe suchen würde? Man beschloss, die Frage in Ruhe mit Sauerbier zu besprechen, so eilig schien eine Antwort an die Freundin nun auch wieder nicht zu sein.

Oma Kasten rief schon von weitem »huhu«, um auf sich aufmerksam zu machen. Monika winkte einladend zurück und lächelte über die Gepflogenheiten älterer Menschen. Ob wir auch mal so werden, dachte sie. Eigentlich ist das doch nur eine Geste der Freundlichkeit und die geht manchen Jüngeren bedauerlicherweise ab.

»Wie friedlich der Berg ist«, bemerkte Oma Kasten beim Kaffeetrinken. Monika und Lindemann wussten die Bemerkung nicht einzuordnen, immerhin war der letzte Krieg auch am Berg schon vor einer halben Ewigkeit vorbeigezogen. Allerdings wurde an der Turmgaststätte noch auf den alten Wehrturm aus der Zeit des Dreißigjährigen Krieges verwiesen, aber den konnte selbst Oma Kasten nicht gemeint haben.

»Sie kennen doch den Stollen oben auf dem Berg, wo die Champignonzucht war«, begann sie ihren kleinen Ausflug in die Lindener Lokalgeschichte. Lindemann wusste Bescheid und Monika setzte man schnell ins Bild.

»Das war während des Krieges ein Luftschutzbunker. Als junges Mädchen musste ich da immer mit meiner Mutter hin. Ab 1943 manchmal jede Nacht und manchmal auch am Tage.«

»Den Stollen gab es aber doch schon früher«, vermutete Lindemann wissbegierig.

»Aber ja, der war schon da. Das war der Eiskeller der Lindener Brauerei. Früher gab es doch keine Kühlschränke und da haben die im Winter auf Teichen und Seen im Umland Eis in großen Quadern gesägt. Die kamen in den Keller und hielten sich da den ganzen Sommer. So kalt ist es da drin. Wir haben uns da mächtig einen abgefroren.«

Monika war der Zusammenhang Brauerei und eingelagertes Eis unklar. Oma Kasten freute sich, als Zeitzeugin gefragt zu sein.

»Das bekamen die Gastwirte und auch der Handel, um das Bier im Sommer zu kühlen. Denn warmes Bier schmeckt wie eingeschlafene Füße, pflegte mein seliger Mann zu sagen. Mit Pferdefuhrwerken wurde das durch die Straßen gefahren. Als Kinder sind wir immer hinterher gelaufen und haben gewartet, bis die Männer mit Eisenhaken die Eisstangen vom Wagen zogen. Da brachen dann Splitter ab, die haben wir gelutscht.«

Wer das erlebt hat, darf auch »huhu« rufen, dachte Monika stillvergnügt.

»Was ist denn jetzt im Stollen«, wollte Lindemann wissen.

»Gar nichts«, erwiderte Oma Kasten. »Nach dem Krieg wurde da eine Champignonzucht betrieben, aber die hat sich irgendwann auch nicht mehr gelohnt. Jetzt ist da nichts mehr.«

»Aber den Stollen gibt es doch noch?«

»Ja, sicher. Wo soll man denn hin damit? Manchmal kann man den auch besichtigen, wenn Feste auf dem Berg gefeiert werden.«

Lindemann hatte davon gehört.

Sauerbiers Auftritt kam der alten Frau gelegen. »Der Herr Pastor kann ihnen über die Geschichte sicherlich noch eine Menge mehr erzählen.«

»Liebe Frau Kasten, mit Verlaub, gegen Ihre Lebenserfahrung bin ich ein unwissender junger Dachs, haha.«

»Na, so jung sind Sie denn auch nicht mehr. Manch einer kann sich nur schwer zu seinem Alter bekennen.« Oma Kasten nahm kein Blatt vor den Mund und der Pastor wusste, dass man diese Altersbelehrungen einfach kommentarlos zur Kenntnis nehmen musste.

»Was sprach man denn früher – im Krieg oder danach – von anderen Stollen im Berg, Frau Kasten?«

»Mein Vater hat öfter davon erzählt, dass der ganze Lindener Berg durchlöchert sei wie ein Schweizer Käse. Da gibt es überall Gruben und Gänge. Früher haben vor allem die Firmen ihren ganzen Müll hier vergraben, heißt es. Und die Kleingärtner müssen das jetzt ausbaden, sagte noch die Tage unser Nachbar Stokelfranz zu mir. Ich glaube, er hat Angst davor, dass der Berg irgendwann ganz zusammenbricht.«

Lindemann nickte zustimmend. Genau das hatte er schließlich dem Pastor über den Zustand des Berges gesagt, wenn er auch nicht an dessen Zusammenbruch glaubte.

# 31.

Nachdem Oma Kasten gegangen war, einigte man sich schnell auf eine Empfehlung für Marion, wie mit der CD zu verfahren sei. Sie solle zur Polizei gehen. Immerhin wisse niemand, was mit Mike Pantel los ist, möglicherweise sei er gar nicht handlungsfähig, vielleicht auf der Flucht vor irgendjemandem. Schlimmeres mochte niemand aussprechen.

»In den Berg hineingehen heißt, in die Vergangenheit einsteigen«, verkündete Monika plötzlich und unvermittelt. »Was wissen wir eigentlich über die Vergangenheit? Kommt der Name Linden vom Lindenbaum? Wer klärt mich auf?«

»Das sind aber klaffende Bildungslücken«, tadelte Lindemann. Er griff in ein kleines Bücherregal über dem Kühlschrank und fischte zielsicher ein Buch heraus.

»Hier, solltest du mal lesen, die Geschichte Lindens.«

Monika schaute auf den Titel und stutzte. »Wieso ›Wahnsinnige Lindener Geschichte‹? Hm, die Frage ziehe ich zurück. Völlig klar, hier ist man wahnsinnig oder man wird es.«

Die Männer lachten.

»Ich lese jetzt nicht mal eben auf die Schnelle das Buch.« Monika schüttelte den Kopf.

»Klar, dann lies eben den Anfang, dann weißt du Bescheid.«

Monika las laut:

*»An einem lauen Frühlingsmorgen des Jahres 1115 um 10.15 Uhr sinnierte der Graf Wittekind von Schwalenberg irgendwo in der norddeutschen Tiefebene und kam zu einem folgenreichen Schluss.*

*›Es muss etwas geschehen‹, verkündete er seinem wenig*

*zahlreichen Gefolge. ›Es gibt da den Punkt 09° 42' 24", 83 geografischer Länge und 52° 21' 49", 83 geografischer Breite. Gott muss sich etwas dabei gedacht haben, sonst hätte er ihn nicht geschaffen. Ein Wink des Himmels für einen Schwalenberger.‹*

*Unter Führung des Hofgeografen ritt man los und parkte wegen der Ungenauigkeit der damaligen Instrumente nach einer guten Stunde an der Ihme unter einem Rudel Bäumen.*

*›Was sind das für Bäume?‹, wollte der Schwalenberger wissen.*

*›Linden‹, erläuterte der Hofbiologe beflissen.*

*›Dann soll dieser Ort Linden heißen und ich bin der Begründer, indem ich hier erst einmal eine Gerichtsstätte einrichte.‹*

*Das Gefolge schaute erstaunt.*

*›Warum gerade hier?‹, murrten einige.*

*Wittekind von Schwalenberg grinste herrschaftlich. ›Wenn ich hier und jetzt nichts tue, wird man nie eine Wittekindstraße und eine Schwalenberger Straße benennen.‹ Das überzeugte. Der Hofhistoriker trug in seinen Folianten ein: Linden, gegründet 1115. Und damit fing alles an.«*

Monika schaute verwirrt. »Das ist doch Spinne, oder wie?«

»Ungefähr so wird es gewesen sein«, meinte der Pastor. Lindemann pflichtete ihm bei.

»Die Jahreszahl und der Name des Wittekind stimmen jedenfalls. Wenn der Rest schon erfunden ist, dann ist er wenigstens launig erfunden.«

»Die Linde war schon den alten Germanen heilig. Im Lindenbaum verehrten sie ihre Göttin Freya und richteten ihre Thingstätten unter Linden ein. Linden waren in vielen Dörfern der Mittelpunkt, oft hört man noch von alten Dorflinden, unter denen sich die Leute am Abend trafen.« Der

Pastor nickte selbstgefällig und blies dann die Bildungsveranstaltung ab.

»Zurück zu den harten Tatsachen und den Löchern im Berg. Ich denke, da ist irgendwo die Lösung unseres Rätsels vergraben.«

Von harten Tatsachen ging auch die Bürgerinitiative Öko aus. Sie hatte Nachforschungen angestellt. Flugblätter kursierten massenhaft in den Kolonien. Hardliner forderten, den gesamten oberen Erdbereich abzutragen und durch gute humose Erde zu ersetzen. Mehrheitlich war man allerdings der Meinung, die Stadt solle den Boden reinigen. Irgendwie. Nähere Erläuterungen dazu gab es nicht. Forderungen bedürfen einer Begründung. Schwerste Erkrankungen, Kindersterblichkeit, Vergiftung der Nahrungskette – der Teufel war an die Wand gemalt. Wer das Ökoflugblatt wörtlich nahm, konnte seinen Garten bestenfalls noch im dekontaminierten Schutzanzug betreten und seinen Atem aus Sauerstoffflaschen beziehen. Könne die Stadt keinen kurzfristigen Schutz gewährleisten, müssten ohne Verzug Ersatzgartenflächen angeboten werden, hieß eine der Forderungen.

»Ein unlösbares Problem für die Stadt«, meinte Lindemann, der die Ökoinitiative für weit übertrieben hielt.

Sauerbier kratzte sich mit dem Kugelschreiber am Hinterkopf.

»Schauen Sie: Menschen werden seit Urzeiten von ihren eigenen Interessen angetrieben. Die Ökos haben im günstigsten Fall allgemein-menschliche Interessen, um das Überleben unserer Art zu sichern. Andere wollen vielleicht attraktives Bauland, weil es eine Goldgrube ist. Das ist ein egoistisches Interesse ohne Rücksicht auf die Art. Doch beide Interessen treffen sich an einem bestimmten Punkt und laufen dann parallel weiter. Kurz: Die Ökos sind dabei, zum Zugpferd von Bauspekulanten zu werden. Merken die das gar nicht?«

»Das ist das Problem von Ein-Themen-Bewegungen«, bemerkte Monika. »Die können immer leicht missbraucht werden. Vor allem, wenn sie erfolgreich sind.«

»Nichts ist so erfolgreich wie Öko«, bestätigte der Pastor. »Die Leute zahlen gern für alles Mögliche einen Euro mehr, Hauptsache, es steht Öko drauf. Wenn die Ökos auch in dieser Frage Ernst genommen werden, können Sie sich, lieber Lindemann, auf eine Panik in den Kleingärten einstellen.«

»Was ist, wenn Spekulanten und Ökos identisch sind? Wenn das die gleichen Leute sind, die einfach nur die Gunst der Stunde nutzen wollen?« Monika stellte die Frage in den Raum.

Der Pastor schaute unwillig. »Ökos sind ehrenwerte Leute, man sollte denen nichts unterstellen, damit könnte größter Schaden angerichtet werden.«

»Umgekehrt«, warf Lindemann ein. »Umgekehrt wird ein Schuh draus. Die Ganoven, das sind die Bauspekulanten. Wer sollte die hindern, ökologische Argumente für sich einzuspannen?«

»Kann man auch nicht ausschließen. Wie heißt es doch: Um sein Ziel zu erreichen, zitiert selbst der Teufel aus der Bibel.«

»Bravo«, lobte Monika.

»Ja«, freute sich der Pastor. »Ist von Shakespeare.«

In der Gartenkolonie wurde es plötzlich laut. Aufheulende Automotoren, aufgeregte Schreie, Trillerpfeifen. Monika,

Lindemann und der Pastor rannten aus der Laube und staunten an der Gartenpforte. Polizisten mit Hunden und Schaufeln schwärmten aus. Dazwischen Golke, der, mit den Armen rudernd, auf die Beamten einredete. Ein Polizist suchte ihn zu beruhigen. Golke schrie Unverständliches zurück.

»Was ist los?«, rief Lindemann. Doch niemand hörte ihn. Einige Minuten später kam eine Polizistin, die ohne jede Erklärung verlangte, man solle in seinem Garten bleiben und die Fahndung der Polizei abwarten.

»Suchen Sie einen flüchtigen Verbrecher?«, wollte Sauerbier wissen. Die uniformierte Frau antwortete nicht und wandte sich routiniert dem nächsten Garten zu. »Bleiben Sie bitte vorerst in Ihren Gärten«, wurde auch den Nachbarn befohlen.

## 32.

»Meinen Sie wirklich, die suchen einen Verbrecher? Hier in der Kolonie? Vielleicht einen, der aus dem Knast ausgebrochen ist?« Monika überschüttete den Pastor mit Fragen, der immerhin das Stichwort gegeben hatte. Aufregung hatte sie ergriffen. Auch Lindemann trommelte nervös auf der Tischplatte. »Man kommt sich vor wie unter Hausarrest.« Der Pastor schwieg, hatte Monikas Frage nicht wahrgenommen, schien von eigenen Überlegungen in Anspruch genommen. Angestrengt suchte sein Blick Büsche und Bäume zu durchdringen, um etwas von den Aktivitäten der Polizei zu erhaschen.

»Erinnern Sie sich an unser Gespräch über Hochbeete und was man darin verstecken kann?« Er schaute Lindemann prüfend an.

»Eine Leiche, vermuten Sie?«

»Sie haben mir nur einen toten Schäferhund angeboten, aber dafür treibt die Polizei nicht diesen Aufwand.«

»Ich … wir haben auch ein Hochbeet. Nehmen die das auch auseinander?«

»Glaube ich nicht. Die wissen, wo sie suchen müssen. Bei dem Polizeiaufgebot dürfte hier ein halber Friedhof versteckt liegen«, resümierte Sauerbier.

»Ich bin Beamter, ich verstecke keine Leiche im Hochbeet«, knurrte Lindemann.

»Auf Ihren Beruf werden die keine Rücksicht nehmen. Überhaupt, denken Sie mal nach, was wäre denn, wenn Ihnen in der Nacht einer einen Toten ins Hochbeet schiebt?«

»Das würde ich merken.«

»Ja, nach zwei Monaten, wenn die Zucchini einen Meter Durchmesser haben.«

»Also kommen die vielleicht hierher doch noch?« Lindemann spürte Unbehagen.

»Die graben nicht jedes Hochbeet um. Gut vorbereitet scheinen die und im Bilde darüber, wo sie suchen müssen«, erklärte Sauerbier überraschend fachkundig.

»Infrarotaufnahmen?« Lindemann spitzte den Mund. »Vielleicht aus der Luft? Vom Hubschrauber?«

Sauerbier nickte. »So ungefähr, denke ich.«

Nach einer Stunde schien die Aktion beendet. Ohne Stippvisite in Lindemanns Garten rückte die Polizeitruppe wieder ab.

»Die Polizistin hat uns aufgefordert, vorerst im Garten zu bleiben. Die müsste doch jetzt Entwarnung geben«, klagte Lindemann.

»Wenn Sie sich wie ein Beamter verhalten, werden Sie hier in Schönheit sterben. Außerdem hat sie ›vorerst‹ gesagt. Vorerst ist nun vorbei. Ich gebe Ihnen die Erlaubnis, Ihren Garten bei Bedarf zu verlassen. Ich werde selbiges tun. Guten Tag, Sie hören von mir.«

Monika und Lindemann blieben, sie brauchten Beruhigung. Und dafür war ein Garten immer noch das beste Heilmittel. Schweigend genossen sie den lauen Tag und die Grille in ihrer Umgebung.

Sauerbier nahm Witterung auf. Wo konzentrierte die Polizei ihre Anstrengungen? Er schlich den Gartenweg entlang in die Nachbarkolonie und versuchte dabei jegliches Aufsehen zu vermeiden. Hier und dort hörte er Stimmen. Waren das Polizisten oder nur verängstigte Kleingärtner? An einer Wegbiegung landete der Pastor einen Zufallstreffer. Zwei Polizisten bogen gerade um die Ecke, kaum zehn Meter entfernt. Sie waren in Eile, einer sprach aufgeregt in ein Funkgerät.

»Auf jeden Fall. Endlich, dann hat sich die Aktion ja gelohnt.« Die banalen Worte lösten bei Sauerbier ein unbeschreibliches Glücksgefühl aus. Eine Aktion, die sich gelohnt hatte? Das konnte schließlich nichts anderes heißen, als dass die Polizisten fündig geworden waren. Ihn schauderte. Als Gottesmann hatte er eine Ahnung von der Schlechtigkeit der Welt.

Die beiden Polizisten verschwanden in einem Garten, wo sich ein Stab von sechs Uniformträgern versammelt hatte. Sauerbier fand einen Beobachtungsposten hinter einem dichtgewachsenen Brombeerbusch, der den unschätzbaren Vorteil hatte, dass man durch seine Zweige alles einsehen konnte, ohne selbst gesehen zu werden.

Zwei Polizisten legten ihre Spaten beiseite und gruben äußerst vorsichtig mit kleinen Schaufeln weiter. Was langsam Zentimeter um Zentimeter sichtbar wurde, war kein Tierkadaver. Sauerbier erspähte einen durchnässten Pullover und erkannte eine Hand, die schlaff aus einem Ärmel hing. Da bahnte sich die Lösung des Rätsels an.

»Wer sind Sie und was machen Sie hier?« Die Stimme des Polizisten war barsch, und der knurrende Schäferhund an seiner Leine verstärkte die Drohgebärde.

»Ich bin der hiesige Pastor und somit zuständig für den Übergang reuiger Seelen vom Diesseits ins Jenseits, also, verstehen Sie ...?«

Der Polizist verstand, dass der verdächtige Lauscher hinter dem Brombeerbusch möglicherweise etwas mit dem Tod jener Person zu tun hatte, die seine Kollegen gerade ausgruben. Also nahm er ihn vorsichtshalber vorläufig fest, denn bei Mord durfte auch die kleinste Spur nicht vernachlässigt werden. Und wenn ein Verdächtiger einen Mord als »Übergang vom Diesseits ins Jenseits« bezeichnete, läuteten sämtliche Alarmglocken. So kam Sauerbier unter Polizeiaufsicht bis an das geheimnisvolle Grab im Kleingarten. Um die Leiche hockten Männer in weißen Overalls, Fotos wurden gemacht, und schließlich trugen zwei Polizisten einen Zinksarg heran.

»Darf ich mal einen Blick auf die Leiche werfen?«, wollte Sauerbier von seinem Bewacher wissen. Der Hund knurrte lauter als zuvor und der Polizist ergänzte ein entschiedenes

»Nein«. Der Sarg wurde schließlich abtransportiert und Sauerbier musste hinterhermarschieren. Dass er bei der Gelegenheit das Kreuz schlug, löste bei den Polizisten Heiterkeit aus und entspannte die Atmosphäre. Ein Uniformträger behauptete später gar, deutlich die Worte »Aus der Erde sind wir genommen, zur Erde sollen wir wieder werden, Erde zu Erde, Asche zu Asche, Staub zu Staub« gehört zu haben.

Im Mannschaftswagen ließ sich der Hundeführer den Ausweis von Sauerbier geben und erklärte schon etwas versöhnlicher, alles Weitere werde im Polizeirevier geklärt. Freimütig sprachen die Polizisten darüber, was sie an diesem Tag alles in Hochbeeten entdeckt hatten. Schon bald durfte der Pastor gehen und es machte ihn glücklich, dass nicht einmal der Name des Gärtners Willi Heinz erwähnt wurde …

Bei Einbruch der Dämmerung kehrte Sauerbier in Lindemanns Garten zurück. Er strahlte vor Selbstzufriedenheit und schwenkte übermütig den Zeigefinger.

»Für ein Bier und einen Schnaps hätte ich eine brandfrische Information anzubieten.«

Lindemann funktionierte wie ein trainierter Gastwirt.

Der Pastor kippte den Schnaps hinunter und nahm einen ordentlichen Zug aus der Bierflasche. »Die Leiche ist gefunden, stellen Sie sich vor.«

»Woher wissen Sie das, kam das schon in den Nachrichten?« Monika war bleich vor Neugier.

»Möglich, ich habe es direkt von der Polizei. Also, ich war am Fundort und bin dann mit der Polizei ins Präsidium gefahren. In der Nachbarkolonie haben sie tatsächlich in einem Hochbeet eine menschliche Leiche gefunden. Was sagen Sie nun?«

»Der Redakteur? Um Gottes willen, die arme Marion«, seufzte Monika.

»Schon denkbar, aber darüber haben sie noch nichts gesagt. Informationen gibt es erst nach einer gründlichen Obduktion, die Polizei setzt keine Mutmaßungen in die Welt.«

Lindemann konnte es nicht begreifen. »Wir haben den Pantel zum letzten Mal auf dem Rugbyplatz gesehen. Dann müsste er danach ermordet worden sein. Wann, warum und von wem?«

»Die Frage nach dem Warum ist doch wohl keine Frage, alles andere ist mir allerdings auch rätselhaft.«

»Ich muss Marion anrufen.« Monika nahm ihr Handy und ging nach draußen.

»Übrigens haben die eine stattliche Zahl toter Katzen und Hunde gefunden. Die waren nach Polizeiangaben zwar an Altersschwäche oder irgendwelchen Krankheiten verstorben, aber sie im Garten zu vergraben, ist nicht erlaubt. Sagt die Polizei.« Lindemann winkte ab.

»Ja, und man darf in Gaststätten nicht rauchen. Die denken sich immer irgendwelchen Unsinn für die Bürger aus und wir Beamten müssen es dann ausbaden.«

»Aus Ihnen wird noch ein waschechter Revolutionär«, bemerkte der Pastor.

# 33.

Der Leichenfund im Garten schlug alle anderen Diskussionsthemen. Selbst die beliebteste überregionale Tageszeitung brachte das Thema auf die erste Seite, allein die Überschrift nahm deren obere Hälfte ein. »Leiche im Blumenbeet – Anleitung zum perfekten Mord!«

In den Kolonien erstarrte das Gartenleben. Viele blieben lieber daheim und wer unbedingt kommen musste oder wollte, verabredete sich mit Nachbarn, um nicht allein auf dem früher geliebten Grund zu werken.

Kolonieleiter Golke versuchte abzuwiegeln. Das misslang, da er nur wenige antraf. Stokelfranz war jeden Tag da. Ihn gingen Leichen in fremden Gärten nichts an, verkündete er lauthals. Jeder solle vor seiner Laube kehren und er kenne den Peter Wenger gar nicht, dem der »Leichengarten« gehöre. Der Name tauchte zwar nicht im Polizeibericht auf, aber die große Zeitung hatte ihn verkündet.

Wenger lag im Krankenhaus, und zwar schon seit zwei Wochen vor dem Leichenfund in seinem Garten. Der Mann war fünfundsiebzig und hatte einen Tumor, den er kaum überleben würde, meldete die Zeitung. Ansonsten wurde er von den Ärzten abgeschirmt, eine direkte Aussage für die Presse gab es nicht.

Selbst die Polizei müsse sich gedulden, ließ der Chefarzt des Krankenhauses verlauten. Allerdings konnte die Zeitung ein Foto des Mannes bringen, der aufgerichtet in seinem Bett lag und eine Illustrierte betrachtete. Sah so ein Mörder aus? Welchen Grund konnte der Mann haben? Nach einem Bauspekulanten sah er nun wahrlich nicht aus. Selbst dem Fernsehen war das Thema eine Meldung in den Hauptnachrichten wert.

Was daneben völlig unterging, war eine Intervention von Kleingärtnern. Garteninhaber, die ihre Parzelle ganz oben am Berg bewirtschafteten, hatten sich an die Stadtverwaltung gewandt. Tenor ihrer Eingabe: Ihre Gärten seien unter den gegebenen Umständen am Berg nicht mehr zumutbar. Man solle aus der entstandenen Not eine Tugend machen und das begehrte Gebiet als Bauland ausweisen. Durch die Einnahmen aus dem Geschäft könnten die Kleingärtner finanziell oder mit einem unbelasteten Ersatzgelände entschädigt werden.

Auch Lindemann kam weiterhin regelmäßig in seinen Garten. Als er von dem Vorstoß »der Leute oben am Berg« hörte, glaubte er an einen Scherz. Es gibt Dinge, die gibt es gar nicht. Und darüber werden dementsprechend Witze gemacht. Als er Golke traf, verging ihm das Lachen. Denn der Kolonieleiter bestätigte die Geschichte mit ernster Miene.

»Und im Übrigen, mal ganz ehrlich Lindemann, die Leute haben doch recht. Wir alle haben unsere Gärten doch aus Gründen der Gesunderhaltung gepachtet. Erinnerst du dich noch an die Werbeparolen von anno dunnemals? ›Der Weg in den Garten ist der erste Schritt zur Gesundheit.‹ Das haben wir doch nicht einfach so dahingesagt. Das haben wir geglaubt, stimmt's?«

Lindemann erinnerte sich und musste seinem Vormann zustimmen. Aber deshalb die Gärten jetzt aufgeben? »Nein, nicht mit mir!«

»Was läuft nicht mit dir?«

»Ich will meinen Garten behalten, sollen die oben am Berg doch verkaufen.«

»Na, ja«, nickte der Kolonieleiter, »das ist doch schon mal ein Kompromiss. Uns hier unten betrifft das im Moment gar nicht.«

Am Nachmittag kam der unvermeidliche Pastor Sauerbier. Lindemann freute sich über die Gesellschaft, irgendwie hatten die dramatischen Ereignisse auch an seiner Selbstsicherheit genagt. Er erzählte dem Pastor vom »Verrat« einiger Kleingärtner oben am Berg. Der Pastor war ehrlich überrascht und schlug mit der flachen Hand auf den Tisch. »Da wird den finstersten Bauspekulanten das Objekt ihrer Begierde auf einem silbernen Tablett serviert. Das gibt es nicht. Die gehen dem Teufel in die Falle. ›Des Teufels Fangnetz in der Welt hat keinen anderen Nam' als Geld.‹« Schulmeisternd fügte er für Lindemann die Quellenangabe hinzu: »Hugo von Hoffmannsthal, Jedermann.«

»Teufel, Hölle – wo bleibt der Himmel?«

Sauerbier schaute missmutig. »Wer erkennt denn den noch?«

»Hm.«

»Lieber Lindemann, ich erzähle Ihnen mal eine Geschichte, die könnte sich hier am Berg abgespielt haben. Also passen Sie auf: Ein Wanderer ging mit seinem treuen Hund des Weges und beide wurden in einem plötzlichen Unwetter vom Blitz erschlagen. Dieser plötzliche Übergang von Sein zu Nichtsein wurde von ihnen nicht wahrgenommen. Denn der Tod ist nicht das Ziel, sondern das Ende des irdischen Weges. Durstig kamen sie an das Tor eines Marmorpalastes, sahen in seinem Innern einen wunderschönen Brunnen. ›Was ist das‹, fragte der Wanderer den Torwächter. ›Das ist der Himmel. Komm nur herein und trinke, aber dein Tier ist nicht zugelassen.‹ Verdrossen und wütend ging der Wanderer weiter. Schließlich erreichten er und sein Hund einen blühenden Garten, in dessen Mitte eine sprudelnde Quelle lockte. Davor saß ein Hüter. ›Darf man hier trinken, lieber Mann‹, fragte der Wanderer. ›Kommt nur herein‹, antwortete der Hüter. ›Du kannst trinken soviel du willst und dein Hund auch.‹ Nach der Labsal setzten sich beide zu dem freundlichen Mann. ›Wo sind wir hier?‹ ›Im Himmel‹, entgegnete der. ›Aber unten am Marmorpalast sagte man mir, dort sei der Himmel.‹ Der Hüter lächelte tiefsinnig. ›Das war die Hölle. Wer seinen besten Freund verrät, bleibt dort. So hat alles seine Ordnung.‹«

»Erbaulich – stammt aus einer ihrer Predigten?«

»Ja. Was ist dagegen einzuwenden?«

»Das hat doch nichts mit den Leuten am Berg zu tun.«

»Doch, die verraten gerade ihre besten Freunde.«

Am nächsten Tag erschien der *Lindenkurier* und brachte das Angebot der Kleingärtner an die Verwaltung. Da wurde allerdings der wesentliche Hintergrund enthüllt. Was Lindemann und die ganz große Mehrheit der Kleingärtner nicht wussten: In der Kolonie ganz oben am Berg gab es eine nicht bekannte Anzahl von Gärten, deren Grund den Kleingärtnern gehörte. Kein Pachtland, sondern echtes privates Eigentum an Grund und Boden. Diese Eigentümer witterten die Vergoldung ihrer Parzelle. Wenn fast wertloses Gartenland zu Bauland wird, ist in dieser Lage der Quadratmeter leicht 200 Euro wert. 500 Quadratmeter Garten waren dort keine Seltenheit, wie der *Lindenkurier* berichtete. Das wären glatte 100 000 Euro, mal so nebenher abkassiert. Und wer dann immer noch einen Garten haben wollte, konnte sich leicht für 2 000 Euro Einsatz einen neuen pachten – in unbelastetem Umfeld. Blieben 98 000 Euro Gewinn.

»Das kann manch einen zum Vieh machen«, wie Pastor Sauerbier nach seiner Zeitungslektüre verkündete. »Dafür verrät jeder Zweite seinen besten Freund.«

## 34.

Stokelfranz war gelb vor Neid. Gern hätte er zu jenen gehört, die auf einer goldenen Eigentumsparzelle saßen und die Entwicklung gelassen beobachteten. Die Gemeinsamkeiten der Kleingärtner waren dahin, gestorben an der wichtigsten Sache der Welt: Bargeld.

»Was bekomme ich?«, wollte Stokelfranz von seinem Kolonieleiter wissen.

»Nichts«, beschied der. »Deinen Garten will niemand haben. Und wenn hier mal die Lichter ausgehen, bekommst du von der Stadt eine Entschädigung. Du weißt doch, mit wie viel dein Garten auf dem Markt ist. Lockere 2 000 Euro, wenn es gut geht. 2 000 Euro sind schnell weg, die nimmt dir im Zweifel Hartz IV. Und wenn nicht, was bleibt dir dann? Ein paar Euro, die wie Schnee in der Sonne schmelzen, und einen Garten hast du nicht mehr.«

»Ihr vom Verein müsst da von der Stadt mehr rausholen, dazu haben wir euch gewählt«, blaffte Stokelfranz zurück.

»Gewählt habt ihr uns, weil ihr ein paar Dumme braucht, die ohne Bezahlung die Arbeit machen. Ehrenamt heißt das, ich lach mich kaputt. Und im Übrigen will ich dir mal eines sagen: Das große Geschäft machen nicht die Kleingärtner, auch nicht die oben am Berg. Das große Geschäft machen die Baulöwen, die hier einsteigen und Bungalows bauen. Dann wird hier am Berg nicht mehr Fahrrad gefahren, sondern Daimler. Warte es ab.«

Stokelfranz staunte über seinen Kolonieleiter. Das waren ganz neue Töne. Im Weggehen ließ er Dampf ab. »Du tust so, als hättest du einen Garten oben am Berg.«

Dieter Golke schaute süßsauer. Er wusste, dass er langsam handeln musste. Sollte er die Wahrheit sagen? Sollte er die Sache einfach aussitzen? Aber es würde rauskommen, die Pächter am Berg würden nicht schweigen. Zumindest nicht die beiden, die ihre Pacht an Golke zahlten. Denn zwei Gärten gehörten ihm seit zwanzig Jahren. Einen hatte er von seinem Vater geerbt, den anderen wenige Jahre später von seinem Onkel, der kinderlos verstorben war. Beide Gärten waren korrekt auf ihn eingetragen, was ihn zum ersten Mal ordentlich beruhigte. Da er bereits seinen Garten unterhalb des Berges bewirtschaftete, hatte er die ererbten Parzellen verpachtet und als Notgroschen für das Alter betrachtet. Aus den vermeintlichen Notgroschen war über Nacht ein richtiges Vermögen geworden, denn Golkes Gärten waren zusammen 1 200 Quadratmeter groß. Einen Daimler fahren? Das war Golkes Traum seit Jahrzehnten, doch zu mehr als einem Golf hatte es nie gereicht. Golke würde Daimler fahren, das war für ihn eine abgemachte Sache. Nun waren die Bauträger dran. Die sollten jetzt mit der Stadt ihren Vertrag machen.

Egal wer den Zuschlag erhielt, wenn die große Ausschüttung kam, war Golke mit an Bord.

Lange musste er nicht warten. Drei Tage später wurde er vom Vorstand des Kleingärtnervereins zu einer dringenden Sondersitzung geladen. Einziger Tagesordnungspunkt: Kündigung der oberen hundert Gärten durch die Stadt. Die Stadt berief sich nicht ausschließlich auf das Bodengutachten. Man habe auch die Verpflichtung, junge Familien in der Stadt zu halten und daher sei Bauland in günstiger Lage anzubieten. Beide Themen zu einem Mix verarbeitet, hieß, die oberen Gärten waren nach der Ernte bis zum 31. Oktober zu räumen. Die Stadt würde für ihre Grundstücke Entschädigung in Höhe des Verkehrswertes der Gärten zahlen und zudem im Bornumer Holz Ersatzflächen anbieten. Die Privateigentümer unter den Gärtnern, es handelte sich nach Angaben der Stadt um zwanzig Parzellen, waren zum gemeinsamen Vorgehen aufgefordert, um interessierten Bauträgern ein gemeinsames Angebot unterbreiten zu können.

Der Vorstand des Kleingärtnervereins sah keine Möglichkeit, die Absicht der Stadt zu blockieren. Das Ersatzgelände befand sich zwar nicht in Linden, aber immerhin. Man konnte im Leben eben nicht alles haben, meinte ein Vorstandsmitglied. Golke sagte gar nichts. Die Dinge liefen ohne sein weiteres Zutun in eine Richtung, die ihm nicht unangenehm war. Wann war für ihn der richtige Zeitpunkt, die Katze aus dem Sack zu lassen? Wann musste er sich bekennen? Nur nichts überstürzen, dachte Golke. Abwarten und Bier trinken … Was er jetzt tun musste, war ihm klar: seine Interessen wahren. Mit der Stadt an einem Strang ziehen? Könnte man schon machen. Aber welche Interessen hatte die Stadt und welche Interessen hatte Golke? Würde die Stadt den größtmöglichen Preis herausschlagen? Die Stadt war Großgrundbesitzer, Golke dagegen ein kleines Licht. Sollte man sich also besser mit den anderen Kleineigentümern verbinden? Die Pfennigfuchser kannte er nur zu gut. Die ließen sich im Zweifel hinters Licht führen, gönnten sich gegenseitig nichts. Das waren keine geeigneten Partner, da war ein Golke doch der cleverere Akteur. Wer waren überhaupt die möglichen Aufkäufer der Grundstücke? Bauträgergesellschaften hieß es. Die mussten Dieter Golke immerhin einkalkulieren, ohne ihn konnten die kein großes Geschäft machen.

Golke überlegte, wie an die Entscheidungsträger der Bauwirtschaft heranzukommen wäre. Da kannte er sich nicht aus, das war nicht seine Welt. Er blätterte den *Lindenkurier* durch und stieß auf einen gangbaren Weg. Ja, freute sich Golke, das war die Idee. Er würde in der nächsten Ausgabe unter »Immobilien« eine Anzeige aufgeben. Ein Angebot. »Biete Baugrundstück in bester Lindener Berglage. Preisangebote an …« Ja, an wen? An Golke? Nee, das war ihm dann doch zu direkt. Man könnte eine Chiffre-Nummer nennen, das war durchaus üblich, wie er im entsprechenden Anzeigenteil las. Angebote unter CL 48659 stand da zum Beispiel. Die Nummer dachte sich wohl die Zeitung aus, vermutete Golke. Man muss das Feuer am Köcheln halten und dabei immer hübsch in der Deckung bleiben. Das galt auch gegenüber seiner Frau, beschloss er. Die wusste nichts von den Absichten der Stadt und das konnte vorerst so bleiben. Frauen müssen nicht alles wissen, dachte er, die erzählen es nur weiter. Da verlor man schnell die Kontrolle.

# 35.

Am folgenden Tag brachten die Zeitungen den Leichenfund im Hochbeet des Peter Wenger noch einmal in großer Aufmachung. Was Lindemann las, überraschte und bekümmerte ihn, weil es nicht seinen Erwartungen entsprach. Bei der Leiche handelte es sich um die sterblichen Überreste einer Frau und Lindemanns Zeitung wollte genau wissen, dass es sich um die Frau des Rentners Peter Wenger handelte. Der Mann habe sie im Streit erschlagen und dann im Hochbeet vergraben. Vielleicht habe sein Tumor damit zu tun. Kurz danach wurde er ins Krankenhaus eingeliefert, wie man schon berichtet habe.

Also nicht Mike Pantel, resümierte Lindemann. Die ganze Aufregung war umsonst. Pantel war nicht tot. Oder doch? Warum war Sauerbier nicht da, der kam doch seit einiger Zeit fast jeden Tag? Irgendwie wünschte sich Lindemann in dieser verzwickten Lage seelsorgerischen Beistand. Im Übrigen war das Thema für Sauerbier mit Sicherheit nicht erledigt, davon war Lindemann überzeugt. Man könnte ihn anrufen, dachte er bei einem Blick auf sein Handy.

Lindemann war unentschlossen, bis das mobile Telefon klingelte. Monika war dran, wollte wissen, ob Lindemann die Zeitung gelesen habe. Sie müsse nach Feierabend unbedingt zu Marion, was die Arme jetzt durchmache, sei doch unerträglich. Lindemann verstand die Freundin nur zu gut.

Gern hätte Lindemann gewusst, wie die polizeilichen Ermittlungen in Sachen Mike Pantel weitergingen. Marion hatte die CD abgeliefert und irgendwelche Schlüsse mussten die professionellen Ermittler daraus gezogen haben.

Immerhin waren Sauerbier, Monika und er schon auf eine Deutung der Lagepläne gekommen. Nun gut, vor allem der Pastor hatte das vermeintliche Rätsel entschlüsselt. Vermutlich wusste der auch jetzt mehr als er, Lindemann. Schließlich hatte der seinen Konfirmanden in der Redaktion des *Lindenkuriers* sitzen, hoffentlich war ihm das nicht entfallen. Manchmal kam ihm Hochwürden doch einigermaßen schusselig vor. Anrufen? Ja, er musste ihn anrufen. Er ließ es lange klingeln, aber der Pastor meldete sich nicht. Also war der so spät noch im Einsatz, beruhigte sich Lindemann.

Als sich die Abenddämmerung über der Gartenkolonie verbreitete, spürte Lindemann die perfekte Stille seiner Umgebung. Kein menschlicher Laut, kein Rasenmäher im Einsatz, kein kläffender Hund. Es war einfach nur still und Lindemann fühlte sich einsam. Ob er einen Anflug von Furcht verspürte? Lindemann hätte das gern zurückgewiesen, aber eine leise Unruhe begann von ihm Besitz zu ergreifen. War da nicht ein Geräusch an der Pforte? Kam da jemand? Vielleicht Sauerbier? Lindemann lugte aus dem Laubenfenster, aber da war nichts.

»Lindemann.« Es war ein Ruf aus der Nähe. »Lindemann, bist du noch da?« Lindemann konnte die Stimme nicht zuordnen, aber er sprang auf und verließ seine Laube.

»Ja, ich bin hier.« Lindemann bemühte sich um eine feste Stimme. An der Gartenpforte konnte er die Gestalt eines Mannes erkennen, der sich an der Klinke zu schaffen machte.

Es war Rolf Gruber aus der Kolonie. »Mensch, du bist hier ja ganz allein. Ich dachte, ich schau mal nach meinem Garten, weil ich schon eine Woche nicht mehr hier war. Viel zu tun, weißt du? Aber hier ist überhaupt niemand, nur du – hast du damit kein Problem?«

»Ich? Nee«, log Lindemann. »Aber komm doch rein, trinkst sicher ein Bier und einen Kurzen mit – was meinst du?«

Gruber nahm das Angebot dankbar an.

»Und – in deinem Garten alles in Ordnung?«, wollte Lindemann wissen.

Rolf Gruber wirkte unbehaglich. »Ich habe nur kurz reingeschaut, müsste wohl mal gießen. Vielleicht regnet es morgen, dann kann ich es auch lassen.«

Der Mann hat Angst, dachte Lindemann, panische Angst. Dagegen bin ich Ruhe und Sicherheit in Person. Er stellte Bier und Korn auf den Tisch und Gruber ergriff begierig die Bierflasche. Nach einem kräftigen Schluck schien es ihm langsam besser zu gehen. Alkohol vertreibt die Angst, dachte Lindemann. Aber nicht dauerhaft. Danach kommt der Kater und die Angst steigt in ungeahnte Höhen. Alkohol löst keine Probleme, sagte man. Abstinenz aber auch nicht, fügte Lindemann regelmäßig hinzu.

»Oben am Berg wird bald gebaut«, erzählte Gruber.

»Ich habe es in der Zeitung gelesen. Du weißt mehr, arbeitest doch am Computer bei Steinhaus.«

»Unsere Firma rechnet sich große Chancen aus, den Auftrag zu bekommen. Bei uns gibt es kein anderes Thema mehr. Wir sind schließlich das älteste eingesessene Unternehmen vor Ort. Steinhaus ist neunzig Jahre alt. Aber die Geier kreisen, wie man so hört.«

»Die Geier heißen heute Heuschrecken, habt ihr da auch Probleme?« Lindemann dachte an seine Anteilscheine am

Unternehmen Steinhaus AG, die mochte er auch durch kreisende Geier nicht gefährdet sehen.

Gruber nickte. »Neuerdings. Die bestellen Baukolonnen von sonst woher und unterbieten alle Preise. Immerhin vertrauen wir darauf, dass die Stadt nur mit einem seriösen Partner an das neue Projekt geht. Was meinst du, wann unsere Gärten hier unten reif sind?«

»Keine Ahnung. Da musst du Golke fragen. Aber ich glaube, der weiß auch nichts. Das kommt doch immer erst raus, wenn es alle Spatzen von den Dächern pfeifen. Uns wird man ganz zuletzt informieren, denke ich. Wir sind doch nur Pächter.«

»Mir macht der Garten kaum noch Spaß. Gift, Mord und Totschlag, das hat es früher nicht gegeben.« Rolf Gruber verzog das Gesicht, was vielleicht am Schnaps lag, den er sich langsam einflößte. »Glaubst du eigentlich an das Gift?«

Lindemann zog die Schultern hoch. »Sicher gibt es da etwas. Aber dann wird aus einer Mücke ein Elefant gemacht. Wer hier Bauland schaffen will, sieht vor Gift keine Gärten mehr. Panikmache. Denkt an eure Kinder – und so weiter.«

Gruber nickte. Er trank aus und verabschiedete sich. »Bist du morgen auch hier? Nach Feierabend komme ich, will meinen Garten mal im Tageslicht sehen.«

Lindemann nickte. Er brachte den Nachbarn noch zur Gartenpforte, der eilig zum Parkplatz ging, wo Sekunden später ein Motor ansprang.

# 36.

Plötzlich schienen alle unter enormem Zeitdruck. Das Bauamt sei die treibende Kraft. Und der Kämmerer plane die große Summe aus den Grundstückserlösen schon fest für den nächsten Haushalt ein. Das Zahlenwerk habe auch den Verwaltungschef umgestimmt. Das Grünflächenamt sei zurückgepfiffen worden, habe jeden Einfluss verloren. Lindemann bekam es von seinem Amtskollegen Rudi Warnecke gesteckt, der die Gelegenheit zu einem Gartenbesuch nutzte.« Und ich dachte immer, ihr Kleingärtner seid eine so starke Macht«, beendete der seinen Bericht.

Noch überraschter war Kolonieleiter Golke, der sich fest vorgenommen hatte, heute seine Anzeige im *Lindenkurier* aufzugeben. Davon hielt ihn ein unbekannter Besucher ab, Typ Banker, jung, mit gestyltem Haar, Anzug und Krawatte, Aktenköfferchen in der linken Hand. Der fiel direkt mit der Tür ins Haus.

»Sie besitzen zwei Grundstücke oben am Berg …«

»Woher wissen Sie das?«, unterbrach Golke misstrauisch.

»Das steht im Grundbuch, lieber Herr Golke, für jedermann einsehbar. Im Übrigen: Unser Unternehmen, die C-Group, behandelt Informationen dieser Art diskret. Wir möchten Ihnen ein großzügiges Angebot für die Grundstücke unterbreiten.« Der Vertreter beobachtete die Wirkung seiner Worte. Golke wurde verlegen, das Angebot kam ziemlich unerwartet.

»Darüber ließe sich reden.« Golke spürte den Goldfisch an seiner Angel. Erst jetzt bat er den Mann in die Laube.

»Was hätten Sie für Preisvorstellungen? Sie haben doch bestimmt schon darüber nachgedacht«. Der Vertreter legte wieder einen neuen Köder aus. Der Goldfisch hing an seiner Angel, da war er aus Erfahrung ganz sicher.

»Nun ja, 200 Euro pro Quadratmeter sollten es wohl sein.«

»Oh, oh, oh, Herr Golke, kennen Sie den Markt? 200 Euro kostet gehobenes Bauland. Nun gut, die Lage am Berg ist nicht schlecht, aber noch ist das kein Bauland. Das muss immerhin erst erschlossen werden. Da hat unsere Firma eine Menge zu investieren.«

Golke wurde mutig und spielte seinen vermeintlich besten Trumpf aus.

»Die Steinhaus AG will 200 zahlen, habe ich gehört«, behauptete er.

Der Vertreter schaute ihm prüfend in die Augen, suchte nach Unsicherheiten bei seinem Kontrahenten. Tausendmal geübt. Gelernt ist gelernt, sagte sein Selbstbewusstsein.

»Da wissen Sie mehr als ich, Herr Golke.«

»Wir haben in der Kolonie einen Gartenfreund, der ist bei Steinhaus«, konterte Golke.

»Und wer, bitte schön, ist dieser gut informierte Herr?«

Golke merkte, dass er sich verplappert hatte. Rückzug antreten, befahl ihm sein Sicherheitsgefühl. »Der bleibt ungenannt. Diskretion ist bei mir Ehrensache.«

»Das freut mich. Ich verlasse mich da auch ganz auf Sie.«

Es steht unentschieden, dachte Golke. So jung der ist, das ist ein gewiefter Hund, mit allen Wassern gewaschen, also Vorsicht.

»Ein Vorschlag, Herr Golke. Wir zahlen Ihnen einen Spitzenpreis. Ob das 200 werden, kann ich nicht versprechen, ich bin da ganz ehrlich und offen zu Ihnen. Eine Bedingung gibt es aber für unseren Vorzugsdeal.«

Golke witterte seine Chance. »Und die wäre?«

»Sie nehmen Einfluss auf die anderen Privatbesitzer, damit sie an uns verkaufen. Kennen Sie die Namen der anderen?«

Golke druckste herum. Natürlich kannte er die Namen, die er noch kürzlich als Pfennigfuchser abqualifizierte, aber das ging den Baulöwen gar nichts an. Doch der hatte das Heft fest in der Hand.

»Hier ist eine Liste aus dem Grundbuch. Die können Sie behalten. Sprechen Sie mit den Leuten. Sagen Sie ihnen, dass wir den besten Preis machen.«

Golke durchdachte das Angebot. Einen Haken entdeckte er sofort.

»Die Stadt verkauft vielleicht an die Steinhaus AG und in der Zeitung stünde dann, dass deren Preis höher war. Die Leute vom Berg würden mich lynchen.«

Der Vertreter schüttelte entschieden den Kopf. »Genau das, lieber Herr Golke, wird nicht passieren. Mein Wort darauf.«

## 37.

Plötzlich war der Pastor wieder da. Einigermaßen atemlos tauchte Sauerbier in Lindemanns Garten auf. Er habe jetzt mal einige Tage am Stück recherchiert, mit allen wichtigen Leuten gesprochen – soweit sie bereit waren, mit ihm zu reden – und nun sei der Zeitpunkt da, aus dem wirren Knäuel einen glatten Faden zu ziehen.

Lindemann war in vollem Umfang einverstanden, wusste aber nicht, wo der buchstäbliche Faden war.

Sauerbier schwärmte von einem Magier, den er vor einigen Tagen im Fernsehen bewunderte.

»Lieber Lindemann, zwischen allen Ereignissen der letzten Wochen gibt es einen Zusammenhang.«

Lindemann reagierte ohne Überzeugung. »Und das haben Sie beim Zauberer im Fernsehen entdeckt …«

»Nein. Da habe ich das Strickmuster entdeckt. Täuschung ist alles. Nichts ist so, wie es uns erscheint. Durch Schnelligkeit und Ablenkung wird ein Bild produziert, das es gar nicht gibt. Unser Auge lässt sich gern täuschen. Sehen Sie den Himmel an. Er erscheint uns blau, aber er ist es nicht. Das Meer ist für uns manchmal grün und manchmal blau, aber wir wissen doch, dass Wasser gar keine Farbe hat.

Also, unser wichtigstes Problem: Da ist ein Chefredakteur erst einmal tot und dann lebt er wieder. Das geht nicht und so war es auch nicht. Der Mann hat uns getäuscht, hat uns einfach reingelegt. Der hat sich tot gestellt, damals auf dem Parkplatz, diese täuschend echt aussehenden Wunden kann man in einschlägigen Geschäften fertig kaufen. Theater brauchen das. Die klebt man sich auf und der biedere Bürger reagiert mit Entsetzen. Das war für uns inszeniert, genau wie seine späteren quicklebendigen Auftritte. Wir sollten erzählen, was wir gesehen haben und damit total unglaubwürdig werden. Hat doch funktioniert. Kein Mensch glaubt, dass der Chefredakteur tot ist und dann hier in der Kolonie rumturnt. Das war seine Absicht. Der ist untergetaucht, weil er mit der Baumafia unter einer Decke steckt. Weil er die Bodenvergiftung mit inszeniert hat. Weil er viel Geld verdienen und eine exklusive Story zusätzlich für sich haben wollte. Und dabei ist ihm der Redaktionsvolontär Hans Karwehl auf die Schliche gekommen. Vielleicht hat er versucht, seinen Chef zu erpressen. Das könnte ich mir gut vorstellen. Ein hellwacher Junge mit einem etwas zu großen Maul.

Vielleicht war das Spiel Toter auf dem Parkplatz und Lebender auf dem Vereinsfest auch als Drohung für den Jungen gedacht. Pantel kannte die Redaktionsräume und den PC des Volontärs ganz genau, hatte Schlüssel zu den Räumen, konnte ihn zu einem günstigen Zeitpunkt umbringen und alle verdächtigen Unterlagen des Karwehl an sich nehmen.

Zur weiteren Verwirrung hat Pantel den Namen Heinz Gettner ins Spiel gebracht. So heißt niemand bei den hiesigen Bauträgern, Grundstücksverwertern oder dem Bauamt. Und niemand in diesen einschlägigen Kreisen kennt einen Heinz Gettner. Eine Spur, auf der man sich totlaufen kann oder schließlich einen harmlosen Heinz Gärtner trifft.«

Lindemann wurde laut und unwillig. »Müssen Sie daran erinnern? Ich hatte diese Peinlichkeit gerade mit Erfolg verdrängt.«

»Welche Peinlichkeit?«, grinste der Pastor. »Ich weiß gar nicht, wovon Sie reden. Also, weiter zur Sache. Die Baumafia hat ein wenig Öko gespielt, den Boden an bestimmten Stellen vergiftet, genau da, wo Probebohrungen geplant waren. Und der Teich … Das Gift im Teich gehört auch dazu. Da wurden zwei Ganoven angeheuert und einer Braunschweiger Baufirma untergejubelt, was schließlich mit dem tragischen Tod von Monikas Tante endete.«

Der Pastor hatte sich durstig geredet, das blieb Lindemann nicht verborgen. Spannend war seine Geschichte auch, zudem erschien sie glaubwürdig. Das war dann schon einen … – wie hieß er doch gleich? – wert.

»Wenn Sie lieber Sauerbier, mir jetzt noch sagen, wo Pantel ist und wo man ihn treffen kann, wäre das Knäuel entwirrt.«

»Keine Ahnung, der hat ein paar Millionen abgezockt und sitzt nun auf den Bahamas. Demnächst kommt dann eine Fernsehreportage unter dem Pseudonym Heinz Gettner in irgendeinem Privatsender.«

Die Männer tranken schweigend Bier und Wodka, erholten sich von ihrer rauen Welt.

Lindemann hatte vorerst genug vom Thema.

»Beschäftigen Sie sich eigentlich mit nichts anderem mehr als diesem Phantom Pantel, Herr Pastor?«

Der nickte heftig. »Doch. Es gibt Dinge, die uns alle viel besorgter machen sollten. Zum Beispiel das Artensterben. Die biologische Vielfalt ist eine Überlebensfrage der Menschheit, ist Ihnen das eigentlich klar? In den letzten vierzig Jahren ist mehr als ein Viertel aller Tierarten ausgestorben. Jeden Tag verlieren wir weitere 150 Arten. Die tropischen Wälder gehen kaputt und die Meere sind hoffnungslos überfischt. Ich habe meinem Kater vom Artensterben und dem verantwortungsvollen Einsatz dagegen berichtet. Er vernahm die Worte, doch es interessierte ihn nicht. Vielleicht liegt hier das eigentliche Problem. Die Leute wissen Bescheid, aber es geht ihnen an der Falte im Schritt vorbei. Wenn sie dreißig sind, haben sie andere Probleme. Mit vierzig sind die Kinder aus dem Gröbsten raus und die Raten abbezahlt, da will man es sich gutgehen lassen und nicht daran denken, dass einige Nachbarn auf Nimmerwiedersehen verschwinden. Mit fünfzig kommen die ersten Zipperlein und der Kampf dagegen wird durch die feststehende Meinung beflügelt: sterben tun immer nur die anderen. Man liest es doch täglich in der Zeitung, schwarz umrandet. Der eigene Name steht da nie. Mit sechzig wird es konkret: Sollen doch die Arten und Unarten sterben, aber man selber bitte erst in weiter Zukunft. Mit siebzig versteht man das Problem nicht mehr, weil die Krankenkasse an Hörgeräten spart, und mit achtzig gibt es nur eine kurze Gegenfrage: Häh?«

## 38.

Auf dem Lindener Berg braute sich ein menschliches Unwetter zusammen. Kleingartenpächter und Kleingartenbesitzer prallten ungebremst aufeinander. Zu erwartendes Geld errichtete eine Schranke zwischen Familien, die vor Tagen noch enge Freundschaften pflegten. Jetzt reichte schon der Verdacht, zu den Grundbesitzern zu gehören, um Gartenhecken in den Himmel wachsen zu lassen.

»Bornumer Holz? Weißt du, wie weit das weg ist? Hierher konnten meine Kinder von der Schule kommen. Soll ich einen Fahrdienst einrichten? Da fährt doch nicht einmal ein Bus«, ärgerten sich viele. Andere waren zornig, wenn sie daran dachten, was sie alles an Arbeit und Material in ihren Garten gesteckt hatten. »Dafür gibt es doch keine Entschädigung und das kann auch niemand entschädigen«, war die einhellige Meinung.

Als das Gerücht durchsickerte, die Bodenuntersuchung sei von interessierter Seite manipuliert worden, kannte der Hass keine Grenzen mehr.

Von den Grundeigentümern sah man schon bald keinen

mehr in seinem Garten. »Wegen Reichtums geschlossen« hatte einer seinem neureichen Nachbarn an die Gartenpforte genagelt. Die Zeiten im gemeinsamen Kegelklub waren unwiderruflich dahin. Im Bornumer Holz würde man sich definitiv nicht wiedertreffen, das bedurfte keiner Frage.

Wenn die Entscheidung über die Zukunft der oberen Kleingärten auch bitter war, wirkte sie in Lindemanns Kolonie doch wie eine Erlösung. Die Wahrheit bog sich langsam so, wie sie jedermann vertragen konnte: Giftbelastete Böden schien es nur oben am Berg zu geben, die unteren Giftfunde waren manipuliert und die Polizei fahndete nach den Schuldigen, der Mord in der Nachbarkolonie war die Tat eines einzelnen verwirrten, frustrierten und sterbenskranken Kleingärtners, und der Gartenbestand außerhalb der betroffenen hundert Gärten schien vorerst gesichert. Die Spannung löste sich so merklich, dass in vielen Gärten ganz plötzlich wieder zu Grillpartys geladen wurde, und die Familien mit Kindern kehrten auch zurück. Trauer schien allein Rolf Gruber zu tragen, obwohl auch er seinen Garten wieder in Besitz genommen hatte. Aber bei den Grillpartys sah man ihn nicht und so ließen ihn die Nachbarn in Ruhe.

Lindemann feierte bei der redseligen Sielig und bei Golke, gab dann selbst einen Grillabend und schließlich wurde beschlossen, mal wieder mit allen zusammen im Vereinsheim einen draufzumachen. Jedesmal dabei war Sebastian Sauerbier, Pastor i. R. Das wunderte keinen, gehörte der doch irgendwie zum festen Inventar der Kolonie.

Die Grillpartys hatten Folgen.

Es fing damit an, dass Lindemanns gute Hose am letzten Sonntag deutlich in die Bauchdecke kniff. Bei einem neuerlichen Versuch, den Haken im Hosenbund zu schließen, entdeckte er die frustrierende Ursache: Seine Bauchdecke hatte sich unbemerkt um einige Zentimeter gehoben. Nun ist das nicht ungewöhnlich, es passiert überall auf der Welt, wo sie sich »westlich« nennt. Der restlichen Welt wird zur Not auch mal mit modernster Waffentechnik mitgeteilt, dass man gern Werte, aber kaum Nährwert zu teilen gedenkt. Kurz: Lindemann wusste, dieses Problem hat der Durchschnittsbürger von Simbabwe nicht. Doch daran denkt kein Übergewichtiger in Linden, aber er wählt unter zwei Möglichkeiten: Er sitzt es aus oder er macht eine Diät. Lindemann dachte mit Unbehagen an Monika und fand in seinen Unterlagen schließlich eine Kalorientabelle. Kaffee schwarz hat null Kalorien, las er da, Kaffee mit Milch und Zucker 100. Sahnetörtchen haben noch höhere Werte. Einziger Trost: Der Körper verbrennt Kalorien bei hinreichender schweißtreibender Bewegung.

Lindemann verbrannte vorsichtshalber die Kalorientabelle. Weitere Erkenntnisse schöpfte er aus einem populär-medizinischen Handbuch. Da stand, der Mensch habe 206 Knochen. Das gelte für Männer wie Frauen, da der Geschlechterunterschied knochenneutral sei.

Die Knochen bringen das Gewicht, beschloss Lindemann. Manche haben eben schwerere Knochen, was im Fall von Knochenschwund allerdings keinen unbedingten Vorteil bedeutet. Im Übrigen, das wusste Lindemann, sind wir alle Produkt einer hochwissenschaftlich komponierenden Lebensmittelindustrie. Die hat sogar unser Geschmacksempfinden um ein glattes Viertel erweitert. Kannte der Mensch seit Gottes Schöpfung vier Geschmacksrichtungen (süß, sauer, salzig, bitter), so waren es nun fünf. Der Schöpfungsbeitrag der Lebensmittelchemie hieß Glutamat.

Manche sind zu dick, manche tragen aber auch einfach nur zu dick auf. So Nachbar Stokelfranz, der zu Lindemanns Erkenntnissen eine eigenwillige Diät beisteuerte: »Morgens Eisbein, mittags Eisbein und abends Eisbein. Das Ganze vier Wochen in einem Streifen!« »Das ist eine Diät?«, fragte Lindemann entgeistert. Stokelfranz grinste diabolisch und konterte eiskalt: »Ja! Nur – man nimmt davon nicht ab …«

Pastor Sauerbier hörte mit und wischte das Problem vom Tisch. »Seien wir mal froh über die guten Gottesgaben. Ich bin mir ganz sicher, Monika liebt jedes Pfund an Ihnen, Meister Lindemann.« Meist hängte der Pastor an derartige Reden noch den uralten Kalauer: Das bisschen, das wir essen, können wir auch trinken.

Bei diesen Gedanken beschloss Lindemann, seiner alten Freundin Tina Bärwald in der Kochstraße einen Besuch abzustatten. Immerhin hatte er die über einen längeren Zeitraum mit Kalorien versorgt. Dass die neue Armut im reichen Deutschland immer heftiger wütete und vor allem Kinder demütigte, konnte man täglich in der Zeitung lesen. War Tinas Mann immer noch unterhaltswillig? Er würde das überprüfen und ihm im Zweifel mal den Marsch blasen. Bei diesen Gedanken fühlte sich Lindemann richtig gut und vergaß die paar Kilo Übergewicht. Eigentlich, befand er, sollte er sich sowieso mal wieder eine neue Hose kaufen. Schon Monikas wegen.

# 39.

Tina Bärwald fing an zu heulen, als sie Lindemann sah. Sie umarmte ihn und zog ihn in die Küche. Er ahnte den Grund der Verzweiflung. Alfred, dachte er. Alfred säuft wieder und Alfred zahlt neuerlich keinen Unterhalt. Besorgt fragte er: »Alfred?«

Tina nickte, schnäuzte sich und rang um Fassung. »Es lief doch so gut. Und jetzt …«

Lindemann strich ihr über die Schultern und versuchte sie zu beruhigen.

»Alfreds Engagement ist schon wieder zu Ende.«

Lindemann schwieg und sah die Frau aufmunternd an.

»Er sagt, man habe ihn grundlos abgeschoben, obwohl er gut in seiner Rolle war.«

»Und was meinst du?«

»Was ich meine? Ich kenne doch Alfred. Vielleicht war er wieder mal besoffen auf der Bühne und hat die Vorstellung geschmissen. Wieso sollte ihn jemand grundlos entlassen? Das gibt es doch gar nicht.«

»Also wieder kein Geld für dich und die Kinder«, kam Lindemann zum Kern der Sache.

»Noch nicht, aber so wird es wohl ausgehen. Für diesen Monat hat Alfred gezahlt und ich solle mir keine Sorgen machen, er habe schon wieder ein Eisen im Feuer. Das sind immer seine Sprüche, darauf falle ich nicht mehr rein.«

Lindemann war die Situation unangenehm. Er musste jetzt endlich diesen Mann kennen lernen und von ihm erfahren, was Sache war. »Wo ist Alfred jetzt?«

»Der sitzt vermutlich beim Griechen an der Ecke und versäuft seine letzten Euros.«

»Hast du etwas dagegen, wenn ich ihm mal die Leviten lese? Weißt du, so ein Gespräch von Mann zu Mann kann manchmal durchaus hilfreich sein.« Lindemann sagte es ohne Überzeugung, aber die Frau fand die Idee gut, sah sich unterstützt und war auch ein wenig getröstet.

Es war kaum 18 Uhr. Das griechische Lokal war um diese frühe Zeit schlecht besucht. An einem Tisch saß ein Paar, das die griechische Küche genoss. An der Theke hockte ein Mann auf einem Barstuhl und unterhielt sich mit dem Wirt. Das könnte Alfred sein, dachte Lindemann und stellte fest, dass es auch keine weitere Auswahl gab. Er setzte sich in Hörweite zur Theke und bestellte ein Bier. Der Wirt nickte kurz und wandte sich wieder seinem Gast auf dem Barhocker zu.

»Lass dir nicht alles gefallen, Alfred. Du bist gut, meine Kinder schwärmen immer noch von deinem Auftritt.« Volltreffer, dachte Lindemann, das ist der Schauspieler Alfred Bärwald, und die Kinder des Wirts hatten ihn auf der Bühne erlebt.

»Ich lasse mich nicht so einfach abspeisen, das ist gegen jede Vereinbarung.«

»Tja, Alfred«, bremste der Wirt die Euphorie seines Gastes, »hier beginnt dein Problem. Du hast keinen schriftlichen Vertrag.«

»Verträge gelten auch mündlich«, wandte der wenig überzeugend ein.

»Du kannst nichts beweisen. Am Ende gewinnt immer, wer die meiste Kohle hat«, belehrte ihn der Wirt. Lindemann schaute scheinbar gelangweilt aus dem Fenster, als ihm der Wirt sein Bier brachte.

»Vielleicht kann ich doch etwas beweisen. Ich habe dir doch erzählt, mit welchem Erfolg ich die Leiche auf dem Parkplatz gespielt habe.« Lindemann lief ein Schauer über den Rücken und er hatte Angst, sich durch seine plötzliche Aufregung zu verraten. Eine Leiche auf dem Parkplatz? Alfred Bärwald hatte eine Leiche auf dem Parkplatz gespielt? Womöglich in seiner Gartenkolonie? Lindemann wusste, dass er diese Frage jetzt unmöglich stellen konnte. Er atmete schneller und sein Puls schien hörbar aus dem Hals zu hämmern.

»Hast du erzählt«, bestätigte der Wirt.

»Siehst du. Da haben mich doch einige Typen gesehen, für die ich die Rolle spielen sollte. Vielleicht kann ich die mal ansprechen.«

Der Wirt schüttelte den Kopf. »Was sollen die bestätigen? Schön, die haben dich in einer überzeugenden Rolle gesehen, aber darum geht es doch gar nicht. Es geht um die Langfristigkeit deines Vertrages. Alfred, das sind zwei Paar verschiedene Schuhe.«

Alfred schwieg und stierte in sein Bierglas. Lindemann bekam plötzliche Angst vor Entdeckung. Wenn Alfred die Leiche gespielt hatte, müsste er ihn und Pastor Sauerbier gesehen haben. Eine gespielte Leiche, ging es ihm immer wieder durch den Kopf. Reingelegt waren sie, reingelegt von Alfred. Aber der hatte doch nur eine Rolle gespielt. Die entscheidende Frage war, wer ihn für die Rolle engagiert hatte. Und warum.

Lindemann winkte den Wirt heran und zahlte. Ohne sich umzuschauen, verließ er das Lokal.

Lindemann war wie benommen, die Kochstraße verschwamm vor seinen Augen in der Abendsonne. Seine Knie waren weich wie Butter. Wenn ihn einer sähe, wie er aus der Kneipe kam, würde er ihn für betrunken halten. Konnte ein Bier diese Wirkung haben? Quatsch, dachte Lindemann. Was war gerade geschehen? Ein Abgrund hatte sich aufgetan; ein tiefes Loch, in das er zu stürzen drohte. Alle Gewissheiten waren mit einem Schlag verflogen, alle Recherchen der letzten Wochen für null und nichtig erklärt. Wenn Bärwald den toten Chefredakteur dargestellt hatte, dann war er auch in die Haut des lebenden geschlüpft. Aber wenn ein Schauspieler Mike Pantel spielte, wo war dann der echte Pantel? Hatte der sich wirklich abgesetzt, weil ihm der Boden zu heiß geworden war? Hatte der sein Ziel erreicht, war um eine oder zwei Millionen reicher und sonnte sich an den Stränden der Bahamas? Nach dem Erlebnis in der griechischen Kneipe hielt Lindemann alles für möglich. Pastor Sauerbier fiel ihm ein. Hatte Bärwald seine Rolle für Sauerbier gespielt? Oder gar für ihn? Immerhin war er der Zweite gewesen, der die »Leiche« gesehen hatte. Und danach sah sie überhaupt niemand mehr.

## 40.

Sauerbier schüttelte energisch den Kopf. »Nein, mein Lieber. Ich soll einem abgehalfterten schauspielernden Alkoholiker glauben? Oder ist das eher ein alkoholisierter Schauspieler? Warum wollen Sie unbedingt auf dieser Leimrute spazieren gehen, Lindemann?«

Lindemann wusste, dass der Schauspieler Alfred Bärwald die Wahrheit gesagt hatte. Es gab keinen vernünftigen Grund, die abenteuerliche Geschichte anzuzweifeln, so phantastisch sie sich auch anhörte. Wie konnte er das dem Pastor plausibel machen?

»Lieber Pastor, man muss eine Niederlage eingestehen. Es hat keinen Sinn, immer weiter in die falsche Richtung zu laufen.«

»Ich laufe, Sie bremsen«, murrte Sauerbier.

»Bremsen ist Voraussetzung für einen Richtungswechsel. Lassen Sie uns die beiden brennendsten Fragen angehen.«

»Und die heißen …?« Der Pastor mochte sich nur schwer von seinen vermeintlichen Erkenntnissen trennen.

»Erstens: Wo ist der Chefredakteur Mike Pantel? Zweitens: Wer hat den Schauspieler engagiert, Pantel zu spielen? Und warum?«

Als es ausgesprochen war, schien der Pastor Appetit zu bekommen, auf diese Fragen eine Antwort zu suchen.

»Gehen wir ran wie die alten Römer«, schlug er vor.

Lindemann dachte an die marschierende römische Schildformation und die Helden Asterix und Obelix, die leicht mit einer Centurie fertig wurden. Doch der Pastor raubte ihm alle Illusionen.

»Cui bono, fragten die Römer, wenn sie zu Gericht saßen«, belehrte Sauerbier seinen Partner. »Das bedeutet: Wem nützt es?« Der Pastor schaute lauernd, aber Lindemann wusste keine Antwort.

»Wem nützt der geschauspielerte Chefredakteur, an den ich glauben soll? Sagen Sie es mir, wenn Sie eine Erklärung haben.«

Lindemann besänftigte den Pastor mit einem gut gekühlten

Bier. Als die Männer schwiegen, wagte Monika einen Vorstoß. »Alles ist ein Verwirrspiel. Keiner blickt mehr durch, keiner traut mehr seinen Augen und schließlich verschwindet im Nebel, was niemand sehen soll. Sie, lieber Herr Sauerbier, haben uns kürzlich etwas von den Tricks der Zauberkünstler erzählt. Täuschung sei alles, haben Sie gesagt. ›Nichts ist so, wie es uns erscheint. Durch Schnelligkeit und Ablenkung wird ein Bild produziert, das es gar nicht gibt.‹ Das haben Sie wortwörtlich gesagt. Ihre Worte sind mir noch gut in Erinnerung.«

Sauerbier fühlte sich durch das Zitieren seiner Weisheiten geehrt und wurde gleich zugänglicher.

»Nun gut, was man am wenigsten sieht, sind die großen Nutznießer der Entwicklung. Da ist einmal die Stadt, die an die 200 Euro pro Quadratmeter kassiert. Aber die lassen wir mal außen vor. Interessanter sind die Baulöwen, die dieses Geld zahlen und dann Immobilien anbieten, von denen wir uns gerade noch die Haustür leisten könnten.«

»Die Schlacht der Giganten ist entschieden. Die Steinhaus AG hat den Zuschlag bekommen«, hakte Lindemann ein und dachte daran, dass diese Entwicklung seinen Aktien gewiss bekommen würde. Schon gestern waren sie um glatte drei Punkte gestiegen.

»Ich hörte davon«, bestätigte Sauerbier. »Aber auf geheimnisvolle Weise sind sich die Privateigentümer einig, an die C-Group zu verkaufen. Vermutlich bekommen sie da einige Euros mehr. Diese Privatgärten bilden das Kernstück des gesamten Komplexes. Also: Irgendwie müssen sich Steinhaus und die C-Group einigen, sonst blockiert einer den anderen und nichts wird aus der schönen Siedlung.«

»Die spielen doch nicht so einfach Lotto«, wandte Monika ein. »Diese millionenschweren Firmen wissen doch genau, was sie tun.«

Sauerbier nickte. »Davon dürfen wir ausgehen. Da wird Schach gespielt und irgendwann ruft einer: Matt!«

## 41.

Am nächsten Tag meldeten die Zeitungen, der Mord an dem Redaktionsvolontär Hans Karwehl sei aufgeklärt. Unter dringendem Tatverdacht sei ein Rolf Gruber von der Firma Steinhaus AG verhaftet worden. Lindemann las es und traute seinen Augen nicht. Der harmlose Gruber, mit dem er noch kürzlich gesprochen und getrunken hatte? War Gruber dazu fähig? Und warum hätte Gruber das tun sollen?

Pastor Sauerbier war wieder souveräner Ermittler. »Täter kann man nicht an ihrer scheinbaren Harmlosigkeit festmachen«, erklärte er Lindemann. »Würde jeder Mörder wie ein Mörder aussehen, könnte man den Polizeiapparat drastisch reduzieren.«

Der scheinbar harmlose Gruber, las Lindemann in der großen Zeitung, war auf dem Sprung in die Leitung der Steinhaus AG. Er war Computerspezialist und das wurde Karwehl schließlich zum Verhängnis. Denn der eifrige Redaktionsvolontär hatte den Code des Informationssystems der Steinhaus AG geknackt und war bis in Grubers PC vorgedrungen. Welche Erkenntnisse er dabei gewann, teilte die Polizei nicht mit, aber sie mussten von höchster Brisanz sein. Gruber habe den

Mann daher an einem späten Abend in dessen Redaktion aufgesucht und ihn zur Rede gestellt. Dabei habe ihn Karwehl verhöhnt und ihm versprochen, ihn als unfreiwilligen Informanten zur berühmten Persönlichkeit zu machen. Mit einem schweren Brieföffner habe ihn Karwehl bis vor die Tür des Verlages getrieben, Gruber habe Angst um sein Leben gehabt. Schließlich sei es zum Handgemenge gekommen und dabei sei es passiert. Danach sei er durch die offene Tür zurück in Karwehls Büro gehetzt, habe die Festplatte gelöscht und sei mit dem Laptop und ungefähr zehn CD-ROM geflüchtet.

Gruber plädierte auf Notwehr.

Die Polizei schien nicht gewillt, dies anzuerkennen. Der ermittelnde Polizeihauptkommissar verkündete vor der Presse, bei Notwehr informiere man üblicherweise die Polizei. Gruber hingegen habe alles getan, seine Tat zu verschleiern und die Behörden irrezuführen.

»Gruber«, resümierte Lindemann vor Pastor Sauerbier, »hat ganz schlechte Karten.«

»Das muss mehr als eine kleine Rangelei gewesen sein, lieber Lindemann«, meinte der. »Da ging es um Geheimnisse aus der Firmenleitung der Steinhaus AG. Und die durften unter keinen Umständen in die Hände eines windigen Reporters kommen. Der Gruber ist kein harmloser Gartennachbar. Die Polizei liegt richtig. Ich würde dem auch keine Notwehr attestieren.«

Lindemann ahnte in diesem Moment, warum Gruber ihm in den letzten Wochen so bedrückt erschienen war. Ein professioneller Killer war er ganz sicher nicht.

Einige Gärten weiter feierte Golke zwar allein mit seiner Frau, aber immerhin tranken beide Sekt einer Preisklasse, die nicht in gewöhnlichen Supermärkten angeboten wurde. Seine Frau wirkte ausgelassen und ihrem Gatten zugetan, wie lange nicht mehr. Die ersten 50 000 Euro aus dem neuen Familienvermögen hatte sie gedanklich schon ausgegeben. Ihre Freundinnen würden staunen, was man aus einer Wohnung alles machen konnte.

Golke hätte sich am liebsten selber auf die Schultern geklopft. Immerhin hatte er es geschafft, die Privatbesitzer am Berg einhellig zum Verkauf an die C-Group zu bewegen. Alle haben dabei gewonnen, freute sich der Kolonieleiter. Steinhaus zahlte an die Stadt 195 Euro, die C-Group an die Privaten 205 Euro – und er persönlich bekam für seine Bemühungen sage und schreibe für jeden einzelnen Quadratmeter 225 Euro. Das allerdings wusste seine Frau nicht, die kannte nur die Zahl 205. Der Rest war eine Notreserve, die man als Mann schon mal braucht, dachte Golke. Also ließ er die Frau planen. Noch war das Geld nicht auf dem Konto und damit keine Gefahr im Verzuge. Über die Motive der C-Group machte sich Golke keine Gedanken; das war nicht seine Liga, in der diese Bauunternehmer spielten.

Spekulationen über deren Absichten gaben sich nur Rolf Gruber und sein Rechtsanwalt Fortmeier hin, als sie die Verteidigungsstrategie besprachen. Gruber saß in Untersuchungshaft, und es sah nicht danach aus, dass ihn der Anwalt bis zum Prozess auf freien Fuß bekommen könnte. Bei Tötungsdelikten gaben sich Untersuchungsrichter mehr als zugeknöpft.

»Der stellvertretende Direktor von Steinhaus hat mich massiv unter Druck gesetzt. Ich sei verantwortlich für den Karwehl. Der habe alles ausgeschnüffelt und könne einen

Riesendeal zum Platzen bringen. Ich solle an meine Karriere denken ...«

»Was hatte der Karwehl denn in Erfahrung gebracht?«, wollte der Anwalt wissen.

»Ich kann mir nicht aus allem einen Reim machen. Zuerst hat er aus meinem Speicher Perspektivpläne unserer Firma geholt. Dazu konkrete Zahlen über Projekte, an denen wir jetzt und in der nächsten Zeit arbeiten. In seinem Laptop waren auch die Pläne der Bodenuntersuchung gespeichert. Dazu einige Namen aus unserer Firmenspitze, bunt gemischt mit Leuten der C-Group. Das ist unser Konkurrent. Wenn die etwas miteinander gemauschelt haben, wäre das die Supernummer des Jahrzehnts. Aber darüber weiß ich nichts.«

»Was hatte Karwehl genau notiert? Ich meine, im Zusammenhang mit den Namen?«

»Das sah nach protokollierten Treffen aus. Aber nur Daten. Z. B. ›22. 6. Robert Wigassen und Manfred Ziller, Café K:‹ Wigassen ist bei uns Projektleiter z. b. V. – Ziller gehört zur C-Group. Ich weiß nicht, welche Funktion der dort ausübt.«

»Also«, wertete der Anwalt, »da könnten Absprachen stattgefunden haben, die unter Erzfeinden eigentlich unüblich sind?«

»Genau. Inzwischen ist bekannt, dass bei den Bodenuntersuchungen gemauschelt wurde. Aber das scheint niemanden mehr zu interessieren, obwohl es doch Betrug war.«

»Es gibt bei dem Geschäft nur noch Gewinner. Die paar Verlierer sind zu schwach, das sind die Kleingärtner am Berg ohne Grundbesitz – und das sind Sie, Herr Gruber.«

»Die werden mich hängen.«

»Nein«, widersprach der Anwalt. »Ich haue Sie da raus. Aber das kostet einiges. Ihr Fall kostet den ganzen Mann. Sie wissen doch: Auch den Rechtsstaat muss man sich leisten können.«

»Ich habe Ersparnisse«, nickte Gruber.

»Wie gut für Sie«, lächelte der Anwalt. »Ich weiß nicht genau, was bei Ihrer Rangelei mit Karwehl vorgefallen ist, ich will es auch gar nicht wissen. Aber Sie bleiben um jeden Preis bei ihrer Notwehr-Darstellung. Davon weichen wir nicht einen Millimeter ab. Wir verstehen uns?«

»Ich habe keinen Grund, von meiner Darstellung abzuweichen. Sie ist die reine Wahrheit.«

## 42.

Im Wirtschaftsteil der Zeitungen kam die C-Group immer besser ins Spiel. Glaubte man den Berichten, war sie das modernere Unternehmen gegen den alt gewordenen Bauträger Steinhaus, der wie ein Fossil erschien. Das hätte Lindemann besorgt gemacht, aber er konnte dennoch gut schlafen. Denn die Börsennotierungen zeigten bei Steinhaus weiterhin wachsende Kurse.

Und das war für ihn wichtiger, als die Artikel missmutiger Redakteure, die vermutlich auf das falsche Pferd gesetzt hatten. Außerdem bestärkte ihn Monika in der Ansicht, dass in Wirtschaftsfragen zuweilen Gefühle mehr bewirkten als Fakten.

»Eine Aktie«, hatte sie ihn belehrt, »drückt nicht den Wert des betreffenden Unternehmens aus, sondern die Wertschätzung und die Zukunftsprognose der Leute mit den dicksten Brieftaschen.« Und dann kam sie auf ein praktisches Beispiel zu sprechen, für das ihre Schüler leider noch zu jung seien.

»Kann man aus der Astrologie die richtige Anlagestrategie für Aktien ableiten? Kann die Astrologie sagen, welche Aktie sich besonders kurssteigernd entwickelt?«

Sie schaute Lindemann lächelnd an und gab ihm Zeit, pflichtgemäß zu antworten:

»Natürlich nicht. Astrologie ist Spinnerei. Daraus kann man überhaupt nichts ableiten. Schon gar keine zukünftigen Aktienkurse.«

»Falsch«, korrigierte die Lehrerin. »Was meinst du, wie viele Menschen allein in unserem Land an Astrologie glauben, Horoskope lesen und mehr oder weniger ernst nehmen?«

»Keine Ahnung, nicht sehr viele«, vermutete Lindemann.

»Da irrst du dich aber ganz enorm. Ich würde schätzen, das betrifft die Hälfte der Erwachsenen bei uns.« Lindemann stutzte und staunte. »Natürlich gehörst du zur anderen Hälfte«, tröstete ihn die Partnerin. »Jetzt pass auf. Da steht im Horoskop einer großen Astro-Zeitschrift …, die gibt es nämlich und die haben wahnsinnige Auflagen. Also, da steht, die Sterne stünden günstig für BMW. Das habe ich jetzt natürlich erfunden. Nehmen wir also mal BMW. Die Leute lesen das und einige Millionen Kapitalanleger setzen nach diesem Hinweis auf BMW. Was meinst du, wird passieren?«

»Wenn die das täten, gäbe es ein Kursfeuerwerk bei BMW. Wenn …«

»Richtig. Und glaube mir, die täten das. Also BMW steigt rasant an und die Astrologiegläubigen haben ihren Beweis.

Die Sterne lügen nicht, sagen die und glauben nun noch mehr an ihr Horoskop.«

Lindemann war sprachlos. Die Logik in Monikas Beweisführung war unwiderlegbar. Er beschloss, auch an Horoskope zu glauben, sobald der Steinhaus AG aus den Sternen eine rosige Zukunft prognostiziert würde.

Andererseits wusste Lindemann aus eigener Überzeugung, dass Geld nicht alles war. Es war für ihn Mittel zum Zweck und kein Selbstzweck wie bei jenen, die zu ihren zehn Millionen dringend die elfte erwerben mussten, auch wenn der Weg über Leichen führte. Da hielt Lindemann es mehr mit Pastor Sauerbier, der in diesen Fällen die Bibel bemühte: »Niemand kann zwei Herren dienen: Entweder er wird den einen hassen und den andern lieben, oder er wird dem einen anhängen und den andern verachten. Ihr könnt nicht Gott dienen und dem Mammon.« Wie einen endgültigen Beweis fügte Hochwürden dann grundsätzlich mit Betonung die Quelle an. »Matthäus 6, Vers 24«.

Lindemann wollte keinesfalls dem Mammon dienen, aber er ertappte sich doch nun selbst dabei, den Wirtschaftsteil seiner Tageszeitung zuerst zu lesen. Er schien ihm längst so spannend, wie der Bericht über die Begegnungen der Fußballbundesliga. Zusätzlich kaufte er klammheimlich einmal eine Astrologiezeitschrift und las akribisch alle Empfehlungen, die dort aus dem Stand der Gestirne abgeleitet wurden. Von positiven wirtschaftlichen Aussichten war die Rede, aber Empfehlungen für Steinhaus oder andere Aktien gab es nicht. Dennoch stieg deren Kurs weiter. Beim Stand von 108 hatte Lindemann seine ersten Aktien gekauft. Bei 142 hatte er frohlockt und staunend die Bergtour bis 198 mitgemacht. Das war fast eine Verdoppelung seines Einsatzes. Sein Atem ging bei dieser Lektüre schneller und er spürte seinen Puls. Würde das so weitergehen? Sollte er jetzt verkaufen und den Gewinn einstreichen? Könnte er ertragen, dass nach seinem Verkauf der Kurs womöglich die 200 übersprang und die Zeitung eine Zahl bei 220 notierte? Lindemann sprach mit seinem Banker und erfuhr den Unterschied zwischen einer konservativen und einer aggressiven Geldanlage. Vorhersehbar sei gar nichts, aber nur realisierte Gewinne seien echte Gewinne, alles andere beschränkte sich auf ein Zahlenspiel in der Zeitung, wo Änderungen in beide Richtungen unbedingt möglich waren. Lindemann war kein Zocker, er war durch und durch Beamter. Nicht spontan entscheiden, sagte er sich. Eine Nacht darüber schlafen und dann entschlossen handeln.

Am nächsten Tag war Lindemanns Entscheidung klar: Er würde verkaufen und sich über den Gewinn freuen. Sein Banker verwies auf die Tatsache, dass der Kurs über Nacht um vier Punkte nachgegeben habe. 194 stand auf dem Bildschirm des Börsenfernsehens.

»Es geht also abwärts«, erkannte Lindemann.

»Das muss nicht sein«, widersprach der Banker. »Es kann sich auch um Gewinnmitnahmen von Anlegern handeln. Die hatten möglicherweise von vornherein vor, bei 198 auszusteigen. Und wenn das einige Zigtausende Papiere betrifft, sinkt der Kurs. Andererseits werden durch den sinkenden Kurs andere ermuntert, Steinhaus zuzukaufen.«

Lindemann wollte nicht mehr zukaufen. Er gab Verkaufsorder und der Mann hinter dem Schalter tippte das in seinen Computer ein.

»Der Stand ist nur noch 189, wollen Sie trotzdem verkaufen?«

Lindemann wurde aufgeregt. »Ja, sofort verkaufen.« Sein Glaube an unendliches Wachstum war verschwunden und es blieb nur noch das Ziel, mit heiler Haut davonzukommen.

»189 – verkauft. Das Geld ist schon Ihrem Konto gutgeschrieben.« Lindemann hörte die Worte mit Genugtuung. Der Banker erklärte den Kursverfall mit einem möglichen »Kampf der Giganten« im Hintergrund. Lindemann verstand gar nichts, aber der Banker sprudelte geballtes Fachwissen.

»Übernahmefantasien«, Herr Lindemann. »Manchmal will ein Konkurrent ein Unternehmen übernehmen und kauft deshalb überall Aktien für eine eigene Mehrheit zusammen. Dann steigen die Kurse zuweilen beträchtlich. Haben die dann die Mehrheit, machen sie den bisherigen Konkurrenten zu ihrer Tochtergesellschaft oder schalten ihn ganz aus. Ergebnis: Der Kurs geht in den freien Fall. Gerade in der Bauwirtschaft muss man mit Spekulanten jeder Art rechnen. Haben Sie schon mal von der C-Group gehört? Das scheint auch ein Hecht im Karpfenteich zu sein.«

Lindemann verließ die Bank in der sicheren Gewissheit, mit seiner Verkaufsorder eine richtige Entscheidung getroffen zu haben. Neun Punkte unter dem Höchststand waren ärgerlich. Bei seinen 100 Aktien waren das immerhin 900 Euro entgangener Gewinn. Was hätte er mit 900 Euro alles machen können? Eine Urlaubsreise mit Monika? Ein riesenhafter LCD-Fernseher der neuesten Generation?

Lindemann riss sich zusammen und zwang seine Gedanken in den immerhin vermiedenen Verlust von vielleicht einem Kleinwagen. Andererseits konnten nach Gewinnmitnahmen die Kurse auch wieder steigen, wie der Banker sagte. Aber das Wort C-Group war gefallen. Ein Raubfisch? Die hatten genauso Besitz am Berg erworben wie Steinhaus. Könnte hier des Rätsels Lösung zu finden sein? Lindemann verwarf die ungemütlichen Gedanken und erkannte, dass Spiele am Aktienmarkt für sein Nervenkostüm nicht unbedingt gut waren.

Absolut außer Atem geriet er am nächsten Morgen, als er aus alter Gewohnheit die Zeitungslektüre mit dem Wirtschaftsteil begann.

»Übernimmt C-Group Steinhaus?«, stand da als fette Überschrift – aber immerhin mit Fragezeichen. Ein Börsengerücht? Eine weise Erkenntnis, die nur noch nicht offen ausgesprochen werden durfte und deshalb ein tarnendes Fragezeichen verordnet bekam?

Ging es möglicherweise um die Konkurrenz bei den Baugrundstücken am Berg?

Der Steinhaus-Kurs war jedenfalls weiter abgesunken. 182 bezahlt und Geld.

Börsenchinesisch, dachte Lindemann. Der eine bezahlt und der andere bekommt das Geld. Offen schien immer nur zu sein, wer sich in welcher Rolle wiederfand.

## 43.

Lindemann schaute aus dem Fenster und verfolgte die Spuren der Regentropfen, die sich an der Scheibe zu kleinen Rinnsalen vereinigten. Ein verregneter Tag mitten im Sommer bahnte sich an. Der erste verregnete Tag in diesem Sommer, tröstete er sich. Da würde die Landwirtschaft frohlocken und die Kleingärtner sachkundig palavern, wie dringend der Boden das himmlische Nass benötigte. Wenn es nicht schön ist, redet man es sich schön, dachte Lindemann und beschloss, das Naturereignis zu nehmen, wie es war. Als sein Telefon klingelte, war er über eine mögliche Abwechslung durchaus dankbar. Tina Bärwald meldete sich. Atemlos erklärte sie etwas, ihre Stimme überschlug sich und Lindemann verstand gar nichts. Mühsam bremste er die erregte Frau.

»Langsam und der Reihe nach, was ist mit Alfred los?«

»Der führt nichts Gutes im Schilde. Da bahnt sich etwas an. Ich habe ihn telefonieren hören. Er hat irgendeine Verabredung am Teich …«

»Meinst du den versifften Teich am Berg?«, unterbrach Lindemann.

»Ja, genau an dem Teich. Er trifft da einen Mann, der irgendwie wichtig ist. Ich fürchte, Alfred steckt bis zum Hals in Schwierigkeiten. Mir ist das Ganze nicht geheuer. Was soll ich tun?«

Lindemann überlegte nur kurz. »Du tust gar nichts. Ich kümmere mich um die Sache. Du hörst von mir, verstehst du? Bleib unbedingt zu Hause, damit ich dich erreichen kann.«

Die Frau versprach es und Lindemann wählte unverzüglich die Nummer des Pastors. »Los, heb ab«, beschwor Lindemann das Sprechgerät. Doch nur das Tonband eines Anrufbeantworters setzte sich in Bewegung und versprach Aufnahmebereitschaft nach einem Pfeifton. Lindemann sprudelte die Fakten heraus und merkte schnell, dass er den Pastor vor unlösbare Verständnisprobleme stellte. Also wiederholte er noch einmal langsam, was er von Tina Bärwald erfahren hatte, dass man Alfred Bärwald schützen müsse und er sich jetzt unverzüglich in Bewegung setzen würde. Er beschwor den Pastor, das Gleiche zu tun. Schließlich akzeptierte er die unumstößliche Tatsache, dass sich sein Appell nur an ein emotionsloses technisches Gerät richtete und der hilfreiche Einsatz Sauerbiers eine vage Hoffnung blieb.

Lindemann hing sich sein Fernglas um den Hals, zog Regenbekleidung an und setzte einen breitkrempigen Hut auf.

Er eilte, versuchte seine Aufregung zu dämpfen und beschloss unterwegs, sich dem Teich so unauffällig wie möglich zu nähern. So nahm er den Weg durch die dahinter liegende Gartenkolonie, drang in einen der Gärten ein und postierte sich an einem niederen Maschendrahtzaun, der den Garten am hinteren Ende vom Teich trennte. Ein alter Sägebock eignete sich sogar als Sitzgelegenheit. Lindemann erkannte mit Genugtuung, dass er früh genug eingetroffen war, denn das Ufer des Teiches war menschenleer. Wie im Theater, kurz vor Beginn der Vorstellung, dachte er. Aber dies war keine Vorstellung, die für ihn inszeniert worden war. Bitterer Ernst war angesagt. Und wenn es blutig wurde, wäre es kein Theaterblut, das die Zuschauer nur erschreckte. Langsam wurde sich Lindemann über den Ernst der Lage klar.

Er spürte seine Halsschlagader. Der Blutdruck pochte hörbar und seine Finger begannen zu zittern, als er das Fernglas vor die Augen hielt. Tief durchatmen, immer wieder tief durchatmen, befahl er sich.

Auf den ersten Akt des beginnenden Dramas musste Lindemann nicht lange warten. Mike Pantel tauchte auf. Aber das war noch Schauspiel, dachte er, unter der Maske musste sich der Schauspieler Alfred Bärwald befinden. Lindemann schwor, sich nicht wieder verwirren zu lassen. Prüfend schaute sich Pantel alias Bärwald am Ufer des Teiches um.

Vom Berghang näherte sich mit festen Schritten eine andere Person, die auch immer wieder witternd nach allen Seiten die Umgebung absuchte. Nach dem Eindruck der Bewegungen handelte es sich um einen Mann. Unter einer Regenhaut verborgen, ging er schnell auf Bärwald zu, der nun regungslos verharrte.

Was hatten die Männer miteinander zu besprechen? Lindemann stellte sein Glas auf Schärfe und wunderte sich, dass der neu hinzugekommene Mann scheinbar wortlos eine Stahlrute aus der Tasche zog. Ohne zu zögern holte er weit aus und schlug erbarmungslos auf Bärwald ein, der keine Zeit fand, seine Arme schützend über den Kopf zu heben.

Lindemann reagierte panisch. Er sprang aus seinem Versteck und brüllte: »Aufhören, die Polizei kommt.« Instinktiv griff er zu seinem Handy, wählte 110 und schrie in das Gerät: »Kommen Sie schnell. Überfall am Teich auf dem Lindener Berg. Kommen Sie schnell.« Ohne weitere Überlegung wand sich Lindemann über den Gartenzaun und rannte auf die Männer zu. In diesem Moment kam Bewegung in das Ufergelände. Drei weitere Männer tauchten wie aus dem Nichts auf, rannten auf Bärwald und seinen Peiniger zu, fuchtelten mit Pistolen und schrien etwas Unverständliches. Der Mann in der Regenhaut ließ den Totschläger fallen und war Sekunden später mit Handschellen gefesselt. Einer der bewaffneten Männer kümmerte sich um den am Boden liegenden Bärwald und Lindemann rief, kaum dass er die Gruppe erreicht hatte: »Das ist nicht Pantel, das ist Bärwald.«

»Ach ja«, kommentierte der Mann und zog die Latexmaske von Bärwalds Kopf. »Und wer sind Sie?«

»Ich bin Lindemann, ich habe die Polizei gerufen.«

»Sie waren also der anonyme Anrufer?«

»Wieso anonym, das ist doch noch keine Minute her, wieso sind Sie schon da?«

Die Verwirrung war komplett. Bärwald lag regungslos am Boden. »Der ist schwer verletzt«, stellte einer der Polizisten lakonisch fest. Lindemann wurde wütend. »Wieso haben Sie das nicht verhindert?«

»Wo Sie uns doch schon vor einer Minute angerufen haben, nicht wahr«, konterte der Beamte.

Schwer keuchend bog in diesem Moment Sebastian Sauerbier um die Ecke. Ihm folgte ein Streifenwagen der Polizei, aus dem zwei Uniformierte heraussprangen. Sauerbier beachtete sie nicht und rief mit fester Stimme: »Lindemann ist unschuldig, ich bin sein Zeuge.« Die Uniformierten ließen sich nicht beeindrucken, nahmen die angewachsene Gruppe von Männern in Augenschein und wollten wissen: »Was ist hier los und wer hat die Polizei gerufen?«

Lindemann meldete sich verschämt. Die Beamten kamen ihm bekannt vor. Umgekehrt wurde der Bekanntschaftsgrad auch nicht verhehlt. Nach einem leidenden Blick auf Lindemann und den atemlosen Pastor Sauerbier stöhnte der Uniformierte: »Nein, nicht die schon wieder.« Nach kurzem Ratschlag mit einem seiner Kollegen in Zivil wurden Lindemann und Sauerbier zum Streifenwagen eskortiert und unverzüglich in das Polizeirevier Gartenallee überführt.

# 44.

Pressekonferenzen dieser Art liebte Kriminalhauptkommissar Peter Stoll. Immerhin war die Polizei außerordentlich erfolgreich. Er hatte Lindemann und Sauerbier noch einmal mit allen Finessen der Verhörtechnik in die Mangel genommen und dann ruhigen Gewissens laufen lassen.

Das Ungewöhnliche an dem Überfall auf Alfred Bärwald war, bekundete Stoll, dass der Täter in flagranti verhaftet werden konnte, denn ein ganzes Polizei-Einsatzkommando war Zeuge des Verbrechens. Das verdankten die Uniformierten einem anonymen Anrufer, der mit Bestimmtheit vorhersagte, die Polizisten könnten am gesperrten Teich des Lindener Berges den verschollenen *Lindenkurier*-Chefredakteur Mike Pantel treffen. Und das schien beim ersten Eingreifen zu stimmen. Doch dann stellte sich heraus, dass Alfred Bärwald eine täuschend realistische Latex-Maske trug, die ihn zum Doppelgänger des Zeitungsmannes machte. Als die Polizei zugriff, stand der Täter völlig überrascht vor seinem Opfer. In der Hand hielt er eine blutverschmierte Stahlrute, die in einschlägigen Kreisen gern »Totschläger« genannt wird. Der Mann war untersetzt und muskulös, versteckte sich und sein kurzgeschnittenes Haar unter einer Regenhaut. Die Personenüberprüfung ergab, dass es sich um Peter Kollat handelte, zweiunddreißig Jahre alt, mehrfach vorbestraft wegen Körperverletzung und Hehlerei. Als Beruf gab er an, Wachmann bei der hiesigen Zentrale der C-Group zu sein. Und in dieser Tätigkeit schien auch das Motiv für seine Tat zu liegen. Kollat belastete leitende Angestellte des Unternehmens, ihn zur Tat angestiftet zu haben. Doch ehe er seine Aussagen konkretisieren konnte, erschien der stadtbekannte Rechtsanwalt Dr. Friedrich. Er sei von der C-Group mit der Vertretung Kollats beauftragt worden und sein Klient werde nun erst einmal keinerlei Aussagen mehr machen, es sei denn zur eigenen Person. Kollat schien überrascht über den plötzlichen Maulkorb, andererseits fühlte er sich geschmeichelt, dass die Firma ungefragt einen Anwalt stellte, den er sich nie hätte leisten können. Die Polizisten reagierten gelassen, immerhin mussten sie Peter Kollat nicht erst mit einer Reihe von Verdachtsmomenten und einer langgestrickten Indizienkette die Tat nachweisen. Der versuchte Mord an Alfred Bärwald war eine unumstößliche Tatsache. Allerdings zu dieser Zeit auch die einzige.

Als drei Tage später der *Lindenkurier* erschien, staunte nicht nur die Polizei. Gezeichnet vom amtierenden Redaktionsleiter Gerold Wimmer, erschien auf der Titelseite eine Story, die jedem Krimi-Autoren zur Ehre gereicht hätte. Dabei hatte die Zeitung ganz offensichtlich Kanäle angezapft, von deren Existenz die Ermittlungsbehörden nicht einmal wussten. Oder die Beamten schwiegen bewusst.

Im Mittelpunkt der Seite war ein Foto des Schauspielers mit Maske zu sehen. Wie die Zeitung an das Foto gekommen war, blieb im Dunkeln. Der übliche Urheberhinweis fehlte unter dem Bild. Entweder hatte sich ein unautorisierter Fotograf unter die Spurensicherung gemischt, oder das Foto stammte von einem der Polizisten. Ringsum stand die fantastische Story, dass ein noch nicht identifizierter Heinz Gettner bei den jüngsten Ereignissen am Berg im Hintergrund Regie führte. Dazu habe man auch den arbeitslosen Schauspieler Albert Bärwald für eine Rolle engagiert. Er sollte auf bestimmte Hinweise an bestimmten Orten den *Lin-*

*denkurier*-Chef Mike Pantel spielen. Erst tot – und dann lebendig. Die absurde Reihenfolge war als Täuschungsmanöver gedacht. Zeugen würden Aussagen machen, die einfach unglaubwürdig waren, zumal Bärwald nach jedem Auftritt schnell die Maske abstreifen sollte, um unerkannt verschwinden zu können. Die Absicht: Es musste verschleiert werden, dass Mike Pantel längst tot war, ermordet von interessierten Kreisen, denen er durch seine Recherchen auf die Schliche gekommen war.

Als Bärwalds Auftritte Wirkung erzielt hatten, beendete der Mittelsmann Peter Kollat in höchstem Auftrag das Engagement des Schauspielers. Doch der war durch seine gute Gage auf den Geschmack gekommen und wollte die Geldquelle offen halten. Ein Erpressungsversuch, zu dem er sich noch einmal in Mike Pantel verwandelte, um zu unterstreichen, was er an die Öffentlichkeit bringen könnte, endete nicht mit einer Geldübergabe am Teich – wozu ihn Kollat aus Gründen der Täuschung bestellt hatte. Irgendwer hatte Wind von der Verabredung bekommen und sah sein Interesse darin, sie auffliegen zu lassen. So war die Polizei längst vor Ort, als Kollat und Bärwald eintrafen.

Pantels Erkenntnisse waren von einer Brisanz, die einen Millionendeal zum Platzen bringen konnte. Einen Deal wie zum Beispiel die Umwandlung von Gartenparzellen in Bauland am Lindener Berg. Die Worte »zum Beispiel« waren fett gedruckt und dann mit einem Ausrufungszeichen versehen. Dann folgte noch einmal protokollarisch der Ablauf der Entwicklung am Berg – von den ersten Giftfunden und den Giftfässern im Teich bis zum Einlenken der städtischen Verwaltung. Das Ganze endete mit der Übernahme der Steinhaus AG durch die C-Group, die inzwischen in trockenen Tüchern war.

Schließlich informierte der *Lindenkurier* seine Leserschaft über eine weitere bemerkenswerte Tatsache. Peter Kollat, der sich tiefstapelnd zum Wachmann bei der C-Group erklärte, war tatsächlich oberster Vorgesetzter der Wachleute, er war der Sicherheitschef der Firma!

Geschickt stellte Wimmer in seinem Artikel die einzelnen Interessen heraus, die Größenordnung des Geschäfts und schließlich die graue Eminenz Heinz Gettner. Der sollte angeblich hoch über den Wolken der C-Group vorstehen, vielleicht als stiller Teilhaber, der hinter den Kulissen das Sagen habe. Diese These war allerdings mit einem Fragezeichen versehen, hier fehlte Wimmer augenscheinlich prüffähiges Beweismaterial.

Und so ging ihm noch am gleichen Tag zu dieser einen Frage eine Gegendarstellung des Rechtsanwalts Dr. Friedrich zu, nach der in der C-Group kein Heinz Gettner bekannt sei, geschweige denn der Firmenleitung angehöre. Der *Lindenkurier* musste sie nach den Bestimmungen des Presserechts in der folgenden Ausgabe ebenfalls auf Seite eins abdrucken.

Ganz offen blieb im *Lindenkurier* eine andere Frage: Wo war die Leiche Mike Pantels, wenn er denn tot war? Und wer hatte ihn ermordet? Gründe gab es ganz offensichtlich, aber das war auch alles.

# 45.

Lindemann fand den Artikel ausgesprochen packend und aufschlussreich. Pastor Sauerbier hingegen schäumte vor Wut. Er kam mit seinem druckfrischen *Lindenkurier* in Lindemanns Garten gerannt und tippte erregt auf das Foto mit dem Schauspieler.

»Das ist der Beweis. Ich spinne doch nicht, ich habe keine Alzheimer, nicht die Spur von Altersdemenz – genau das habe ich gesehen.«

»Ich auch«, warf Lindemann zurückhaltend ein.

»Die Polizei hätte das zum Anlass nehmen müssen, sich in aller Form umfassend zu entschuldigen. Und die Gartenpieper hier mit ihrem ›Hochwürden hat den heiligen Geist gesehen‹. Die dachten, ich kriege ihre Häme nicht mit. Ich habe alles mitbekommen. Das Kainsmal können die nur mit einem endlosen Strom von Bier und Wodka abwaschen.«

Der Pastor hatte sich in Rage geredet, bremste dann aber plötzlich und schaute Lindemann listig an.

»Sie haben nicht etwa …?«

»Ich habe«, nickte Lindemann und servierte das Beruhigungsmittel für Sauerbier – ohne seinen Eigenbedarf zu vernachlässigen.

Lindemann dachte an Tina Bärwald und bedauerte den Schauspieler. Vielleicht war er doch besser als sein Ruf.

»Das ärmste Schwein ist der Schauspieler. Der ist doch nicht Opfer seiner Geldgier. Der wollte eine ehrliche Bezahlung für seinen erlernten Job.«

»Ja, ja«, sinnierte der Pastor. »Media vita in morte sumus.«

Lindemann schaute verstimmt. »Das wollte ich auch gerade sagen – wenn ich wüsste, was es heißt …«

»Mitten im Leben sind wir vom Tod umgeben«, übersetzte der Pastor theatralisch. »Immerhin war Bärwald nahe dran. Wären Sie mal von mir beerdigt worden, könnten Sie den Spruch auswendig. In beiden Sprachen.«

»Eine ganz andere Frage, Herr Pastor: Über dieses Monster Peter Kollat wird kaum berichtet.«

»Das ist ein schwebendes Verfahren.«

»Mit klarem Ausgang. Der muss nichts mehr gestehen.«

»Vielleicht doch. Wenn Pantel tot ist, braucht man dafür einen Mörder. Wer bietet sich da mehr an als Kollat?«

Lindemann war froh, seine Aktien immer noch günstig verkauft zu haben. Ansonsten wäre er nach der Übernahme jetzt aufgekaufter Aktionär der C-Group. Ihn schauderte.

»Wenn die C-Group einen Mörder als Sicherheitschef beschäftigt, wirft das doch ein bezeichnendes Licht auf die Firma.«

Der Pastor strahlte und zog die örtliche Tageszeitung aus der Manteltasche.

»Lieber Lindemann, Sie sind kein Leser für den *Lindenkurier*. Sie denken in den Kategorien der seriösen Tagespresse. Hier, lesen Sie selbst.«

Lindemann überflog den Artikel. Das Resümee: Kollat war durchaus eine Nummer in der Hierarchie der C-Group. Als Sicherheitschef nahm er an allen Sitzungen der Direktion teil, hatte also umfassende Informationen auch über vertrauliche und geheime Entscheidungen. Der namentlich erwähnte C-Group-Direktor Faltmüller erklärte, das sei in der Wirtschaft allgemein üblich. Ansonsten könnten die heute üblichen hohen Sicherheitsstandards nicht gewährleistet werden.

Der Reporter wies den Direktor auf die kriminelle Vergangenheit des Mannes hin. Wörtliche Antwort: »Nun, als wir ihn einstellten, war er doch kein Totschläger. Suchen Sie mal einen effektiven Sicherheitsmann, der ohne Fehl und Tadel ist.«

Dass der »effektive Sicherheitsmann« dann doch zum Täter wurde, erklärte Direktor Faltmüller lakonisch mit dessen offensichtlich falsch verstandener Loyalität dem Unternehmen gegenüber. Die C-Group habe nichts zu verbergen und Kollat hatte als Sicherheitschef freie Hand. Das möge im Nachhinein als Fehler erscheinen. »Aber wir sind ein junges und erfolgreiches Unternehmen, da gibt es auch Wachstumsschwierigkeiten.«

Der letzte Punkt betraf den ominösen Heinz Gettner, dessen Name im Zusammenhang mit der C-Group erwähnt wurde.

Faltmüller erklärte, der Herr sei ihm gänzlich unbekannt.

Lindemann gab dem Pastor die Zeitung zurück. »Die sind eiskalt, die gehen im Zweifel über Leichen.«

»Mein Herz zittert, Grauen hat mich betäubt; ich habe in der lieben Nacht keine Ruhe davor«, bekannte der Pastor.

»Mätthäus 12, Vers 17«, unkte Lindemann.

»Falsch. Jesaja 21, Vers 4.«

# 46.

Unter jeder Stadt befindet sich eine verborgene zweite Infrastruktur. Da ziehen sich Straßen, Kanäle und Versorgungsleitungen durch Erde und Gestein, die nur Befugten zugänglich sind. Deshalb gibt es viele Gerüchte. So über vermeintliche atombombensichere Bunker für die Obrigkeit, geheime Notfall-Krankenhäuser, die noch originalverpackt sein sollen, U-Bahn-Trassen und Stationen für einen späteren Aus- und Weiterbau dieses Verkehrsmittels. Oder es lassen sich schichtweise die historischen Epochen der Stadtentwicklung ablesen. Aber auch an den Stadträndern oder in ländlichen Gebieten stößt man bei Grabungen regelmäßig auf Spuren zivilisatorischen Wirkens vergangener Zeiten.

Lindemann kannte die Höhlen von Lascaux in der französischen Dordogne. Wunderbare Felsmalereien hielten dort das Andenken an Menschen lebendig, die vor 20 000 Jahren darin gewohnt und überwiegend vom Tierfang gelebt hatten. Techniken dieses Überlebenskampfes stellten zeitgenössische Künstler ihrer Sippen im Bild dar.

Nicht alle Landschaften waren kulturhistorisch so spannend. Im Bereich des Lindener Berges wurden keine Zeugnisse menschlicher Besiedlung der Frühzeit aufgespürt. Leben hatte es allerdings im Verlaufe der Evolution auch dort in aller Vielfalt gegeben. Das Gebiet war in grauer Vorzeit meerbedeckt gewesen. Und so hatte man bei Grabungen einen selten erhaltenen Fund gemacht, den Schulklassen im Landesmuseum besichtigen konnten: eine Schnecke oder Muschel – vielleicht auch das Verbindungsstück in der Entwicklung von beiden: Nerinea visurgis war ihr Name. Sie stammte aus dem Oberjura und konnte auf das stolze Alter von 200 Millionen Jahren zurückblicken.

Ansonsten war der Lindener Berg zwar durchlöchert wie ein Schweizer Käse, aber die Funde waren nicht eben spektakulär. Man hatte nach Kohle und Ton gegraben, nach Kalk und Kalkstein. Da wurden Stollen in den Berg getrieben, um sich vor den Kriegern fremder Völker zu schützen, zuletzt vor deren Bomben. Oder man lagerte hier Eis aus dem Winter für die heißen Sommer, um Bier kühl und damit genießbar zu halten. Die Eingänge zu diesen Stollen waren im Verlauf der Jahrhunderte zumeist verschüttet, manche ganz eingestürzt und es gab keine Karte, die ihren genauen Verlauf dokumentierte. Das Grabungsinteresse daran hielt sich in Grenzen, wusste man doch schließlich, dass so mancher Stollen mit industriellem Sondermüll aufgefüllt worden war.

Sauerbiers Gedanken kreisten schon länger um den wenig bekannten Unterbau seines heimischen Gemeinwesens. Da war unendlich viel Platz für alles, was das Licht des Tages scheute. Ein ganzes System geheimnisvoller Gänge.

»Wer etwas klären will, muss seinen dicken Hintern lüften und sich in Bewegung setzen. Wollen doch mal sehen, was Linden in seinen Eingeweiden verborgen hält.«

Lindemann staunte, wie ihn der Pfarrer jeweils mit wenigen Worten vereinnahmte. Natürlich könnte er Nein sagen und sich vom Krimi-Spiel verabschieden. Aber wollte er das? Nein, er wollte nicht. Eigentlich reichte es ihm, im Zweifel Nein sagen zu können.

»Über den Eiskeller soll es einen Zugang zum älteren Stollensystem geben, munkeln meine Nachbarn. Aber das sind wahrscheinlich nur Ammenmärchen.« Lindemann schaute den Pastor fragend an. Sauerbiers Augen blitzten beim Wort »Ammenmärchen«.

»Lindemann, wissen Sie denn nicht, dass in jedem Ammenmärchen ein Fünkchen Wahrheit verborgen ist? Ich hatte eine Amme, von deren Weisheit habe ich mehr profitiert als von aller Schulpaukerei zusammen. Es ist unsere Pflicht, der Amme im Eiskeller zu ihrem Recht zu verhelfen. Wem gehört der Eiskeller? Lässt der Besitzer uns da rein und hält der dicht?«

Der Tatendrang des Pfarrers wurde Lindemann zunehmend unheimlich, aber er konnte sich der Dynamik des Gottesmannes nicht entziehen. So fügte er sich wieder einmal in das scheinbar Unvermeidliche.

»Da kommen wir auch ohne Hilfe rein.« Lindemann war froh, wenigstens seine überlegenen Ortskenntnisse ausspielen zu können. »Der Eiskeller ist im Zweiten Weltkrieg Luftschutzbunker gewesen. Aus Sicherheitsgründen wurden damals mehrere Einstiege zum Stollen gegraben, die von außen zugänglich sind.«

Sauerbier stutzte. »Die sind mir nie aufgefallen. Sind Sie ganz sicher?«

»Ich bin ganz sicher.« Lindemann mochte einen leichten Triumph nicht verhehlen. Wenigstens an Ortskenntnis konnte er den rührigen Pfarrer überbieten. »Im Laufe der Zeit hat sich da Erde festgesetzt, und Gras hat natürlich alles zugewuchert. Wenn man die richtige Stelle kennt, genügt ein kleiner Spaten und zwei Männer können leicht den Betondeckel abheben.«

Sauerbier witterte wie ein Spürhund. Vielleicht wollte er diesen Eindruck vermeiden und bestellte ein frisches Pils. Er trank voller Genuss und strahlte Genugtuung aus. »Und Sie kennen die richtige Stelle? Natürlich kennen Sie die richtige Stelle«, verkündete er.

Die Welt des Pastors funktionierte nach archaischen, ehernen Regeln. Lindemann passte gut in dieses traditionelle Weltbild.

»Also versuchen wir es«, beschloss Sebastian Sauerbier und bezog seinen Gefolgsmann in die Entscheidung ein. Lindemann wusste, dass jeglicher Widerspruch zwecklos war. Deshalb fügte er sich wieder einmal in das Unvermeidliche.

»Heute geht es nicht mehr«, bedauerte Sauerbier. Lindemann nahm das mit Erleichterung zur Kenntnis. »Sagen wir morgen früh, exakt acht Uhr.«

»Zu früh«, muckte Lindemann.

»Der frühe Vogel fängt den Wurm, mein Lieber. Ziehen Sie sich derbe Kleidung an und denken Sie an den Spaten. Ich bin um exakt 7.45 Uhr hier. Uhrenvergleich. Lindemann schaute auf seine Fünf-Euro-Uhr und freute sich, wie genau die ging. Sauerbier schaute auf sein behaartes Handgelenk. Eine Uhr war nicht zu sehen. »Morgen habe ich die Uhr selbstredend am Arm«, versprach er kopfschüttelnd.

Natürlich tauchte Sauerbier schon um sieben Uhr im Garten auf. Vorbesprechung nannte er das. Um 7.45 Uhr ging es diszipliniert los, Sauerbier gab den Startschuss zum Aufbruch. Mit Taschenlampen bahnten sich die beiden Männer den Weg auf den Berg. Direkt hinter dem Friedhof lag er verborgen, der ehemalige Eiskeller der Lindener Brauerei, der tief in den Berg hineingetrieben war. Es gab einige Notausstiege, die nur Eingeweihten noch bekannt waren. Lindemann gehörte zu ihnen und steuerte mit dem Pastor einen Rettungsschacht an, der äußerlich völlig unsichtbar war, doch mit einigem Schaufeleinsatz schnell freigelegt werden konnte.

»Sie schaufeln, Lindemann, Sie sind der Jüngere.«

In der Nähe machte sich eine Eule durch ihren Ruf bemerkbar.

»Das ist die Eule, die zur nächtlichen Freiluftszene in jedem Edgar-Wallace-Film gehört«, witzelte der Pastor.

Lindemann schüttelte den Kopf. »Hier gibt es keine Eulen.«

Die Antwort schien dem Pastor gar nicht zu gefallen. »Ich höre also etwas, was es hier nicht gibt? Was sagt uns das? Das sagt uns, dass Sie schwerhörig sind, mit Verlaub, lieber Lindemann.«

»Falsch gedacht«, konterte der und begann umsichtig mit der Grabung. »Ich höre es ja auch. Es gibt hier trotzdem keine Eulen. Schon gar nicht am Tage. Eulen sind nachtaktiv.«

Sauerbier kräuselte die Stirn. »Das macht die Sache sehr kompliziert. Wir hören, was es gar nicht gibt. Also eine Fälschung. Amtsanmaßung. Da spielt jemand Eule, ohne eine Eule zu sein. Das ist die einzig mögliche Erklärung.«

»Richtig«, bestätigte Lindemann. »Das ist der Ruf einer Eule, imitiert von einem Menschen.«

Als Antwort kam ein weiterer Eulenruf.

»Wir sind hier nicht allein, lieber Lindemann. Nehmen Sie die Schaufel und ab hinter die Büsche. Was meinen Sie, wer hier unbefugt ins Tierreich eindringt?«

Vor Lindemanns Auge formte sich das Bild seines Kollegen Warnecke. Sauerbier schien die Gedanken seines Begleiters zu erraten.

»Sie haben da einen Kollegen, der war mal bei Ihnen im Garten, der kann das doch.«

»Warnecke ist ein wahrer Meister. Sie müssten den mal im Amt hören.«

Sauerbier stutzte. »Im Amt macht der das auch? Warum?«

»Das ist ein Signal für uns und heißt: Der Chef ist im Anmarsch. Was sagen wir übrigens, was wir hier machen – falls wir etwas sagen müssen?« Lindemann versuchte einen Schritt vorauszudenken.

»Nun, nennen wir es morgendliche Sauerstoffaufnahme. Der Arzt verordnet sie zuweilen«, schlug der Pastor vor.

»Man merkt, dass Sie Privatpatient sind.«

»Die Therapie ist äußerst kostengünstig. Jede AOK hätte ihre Freude dran.«

Nach zehn Minuten war es immer noch ruhig, keine Eule und kein Mensch zu hören. Sauerbier gab Entwarnung und Lindemann legte zielstrebig einen Schacht frei, der mit einiger Sicherheit seit dem letzten Luftangriff im März 1945 unbenutzt geblieben war.

## 47.

Außer Sauerbier und Lindemann gab es andere, die sich für das Stollensystem des Lindener Bergs interessierten. Sie suchten giftigen Müll neueren Datums, ahnten eine Verschwörung gegen Natur und Mensch. 300 Meter vom Einstieg in den Eiskeller entfernt sammelte sich eine Gruppe von Männern, weil sie einen Tipp erhalten hatten, der mehr als ein bloßer Verdacht zu sein schien. Es waren Hinweise dieser Art, die den Gruppensprecher der Bürgerinitiative Öko immer wieder an die alte und überholte Volksweisheit erinnerte: Eichen musst du weichen, Buchen musst du suchen, Linden musst du finden.

»Linden musst du finden«, gab er als Parole an seine glaubenstreue Schar heraus und steigerte deren Interesse mit Mutmaßungen über die Vergangenheit, die aus dem Berg bis in die Gegenwart hineinragte. »Wir werden finden, was andere nicht fanden oder nicht finden wollten«, raunte man sich zu, als die Aktivität der Gruppe im Morgengrauen begann. Sie waren vier, alles schlanke Männer um die dreißig. Schüttere Haare wurden durch Bartwuchs ausgeglichen, und es gehörte wenig Fantasie dazu, den Ernährungszustand jedes Einzelnen auf ausschließlichen Verzehr der Produkte anerkannter Bioläden zurückzuführen.

Es war trocken und noch nicht zu warm, als man einige interessant erscheinende Quadratmeter am Berg in Bearbeitung nahm. Schaufel und Spitzhacke hatte jeder dabei, motorisierte Arbeitsgeräte waren verpönt, sowohl aus ökologischem Prinzip als auch aus Gründen der Geheimhaltung. Und so kam es nach Stunden schließlich zum großen Durchbruch.

Wenn man es genau nahm, hatten die Umweltschützer nicht etwa den Stollen gefunden, eher hatte der Stollen sie gefunden. Kräftige Hiebe mit mehreren Spitzhacken hatten eine mürbe Stelle ausgemacht, die schon durch Probebohrungen und jahrzehntelangen Erkundungsdrang der Lindener Jugend hinreichend bereitet war. Der Boden gab mit einem quietschenden Geräusch nach und drei verdutzte Männer fanden sich dreckverschmiert, aber unverletzt plötzlich drei

Meter tiefer wieder. Sie standen in den Eingeweiden des Berges und schrien vor Begeisterung: »Linden muss man finden!« Doch was sie unbedingt finden wollten, fanden sie nicht. Keine sichtbaren Spuren von giftigem Müll.

»Was man nicht sieht ist viel gefährlicher als das, was sichtbar ist«, meinte einer.

»Das kostet fünf Euro für das Phrasenschwein«, verkündete ein anderer.

Der Ruf einer Eule schreckte die Gruppe auf. Als naturbewusste Menschen wussten sie, dass dieser Ruf zu dieser Tageszeit nicht artgerecht war.

»Eulen am Tage, es wird immer verrückter.«

»Da kannst du mal sehen, wie kaputt die Natur schon ist.«

»Wir werden uns gelegentlich damit beschäftigen. Lasst uns nun versuchen, in den Stollen reinzukommen. Wir müssen eine Stelle finden, wo er noch nicht eingebrochen ist«, schlug der Gruppensprecher vor.

Langsam war die Sonne vom Osten in den Süden gewandert und hatte sich immer höher am Himmel positioniert. Die Temperatur war dabei von neunzehn auf sechsundzwanzig Grad angestiegen. Schweißperlen säumten die Stirnpartien der Grabenden, ihre T-Shirts klebten an Brust und Bauch.

»Pause«, schlug einer vor.

»Erst wenn wir durch sind«, riet ein anderer.

»Hier klingt es schon etwas hohl«, spornte der Gruppensprecher zu neuer Leistung an. Ein Schäferhund erschien auf dem Aushubhügel. Neugierig schaute er auf die Männer im Loch.

»Wir werden beobachtet«, warnte einer und ließ die Spitzhacke fallen.

»Ja, von einem Hund.«

»Du bist ein blöder Hund«, lautete die Antwort. »Wo ein Hund schnuppert, ist auch ein Mensch. Die leben hier nicht frei.«

Eine ferne Stimme rief »Hasso«, und der neugierige Hund verschwand.

»Verraten kann er nichts, er hat ja nichts gesehen«, tröstete einer.

»Ja, weil er nicht sprechen kann. Bin ich hier nur unter Bekloppten?«

Die Männer hackten und gruben unverdrossen. Nach einer weiteren halben Stunde schweigender Emsigkeit wurden sie belohnt. Losgeschlagene Erde blieb plötzlich nicht einfach liegen, sondern rieselte langsam nach unten.

»Vorsicht«, schrie der Gruppensprecher und drängte die anderen beiseite. »Jetzt nur noch langsam und mit Gefühl, sonst bricht das Ding wieder ein.«

Das Ding war sichtbar ein kapitaler Stollen, der den Tatendrang der Gruppe mächtig beflügelte. Nun arbeiteten sie wie Archäologen. Mit der Hand wurden Erdbrocken und Steine beiseitegelegt. Einer hielt eine Taschenlampe, um im Dunkel das Ziel zu erkennen. Ein anderer vergrößerte das Loch Zentimeter um Zentimeter. Als die Öffnung einen halben Meter breit war, hielt man inne. Unten war im Schein der Taschenlampe zu erkennen, dass es sich um einen begehbaren Stollen handeln musste, der an die zwei Meter hoch und ebenso breit war. Der Boden war übersät mit Steinen. Sie waren faust- bis fußballgroß.

»Weißer Kalkstein, Jura, 150 Millionen Jahre alt.« Fachkundig wies der Gruppensprecher auf das entdeckte Ziel. »Um den zu schaffen, mussten Millionen Generationen von Muscheln, Schnecken und Kleinsttieren leben und vergehen.« Niemand hörte auf ihn.

»Einer sollte sich durch das Loch zwängen«, forderte sein Nebenmann.

»Nein«, warnte der Sprecher, »erst muss das Loch größer sein. Wenn etwas passiert, müssen wir den Rückzug sichern. Und wenn einer reingeht, nur am Seil, ist das klar?«

## 48.

»Still, seien Sie ruhig.« Nur mit Mühe konnte Lindemann den Redeschwall des Pastors bremsen. »Ich habe da etwas gehört.« »Schon wieder eine Eule?« »Nein, Stimmen. Und etwas wie ein Erdrutsch, es hörte sich jedenfalls so an.«

Der Pastor schüttelte den Kopf. »Ich höre nur Sie.«

Die beiden Männer lauschten. Irgendjemand rief etwas, dann war wieder Ruhe.

»Jetzt habe ich es auch gehört. Da ist noch eine andere Gemeinde vor Ort«, bestätigte Sauerbier. »Jetzt wird es spannend. Ich gäbe alles dafür zu erfahren, wer da auf den gleichen Spuren wandelt wie wir.«

Sie gingen vorsichtig weiter. Nach etwa dreißig Metern gabelte sich der Stollen.

»Rechts oder links?« Lindemann leuchtete mit der Lampe in die beiden möglichen Richtungen. Sauerbier blieb unschlüssig stehen. Wieder waren Stimmen zu hören und die kamen eindeutig aus dem rechten Stollen. Vorsichtig tasteten sich die

Männer voran und erkannten schließlich einen Strahl von Tageslicht.

»Da passiert etwas, was wir genau beobachten sollten, lieber Lindemann. Also Sendepause, Ohren und Augen auf.«

»Das sind die Ökos auf der Suche nach Giftmüll«, flüsterte er.

## 49.

Das Loch war inzwischen so groß, dass der Gruppensprecher der Bürgerinitiative die Erlaubnis zum Betreten der Höhle gab. Man seilte sich aneinander, als gehe es auf eine Bergtour in den Alpen. Vier Taschenlampen leuchteten auf und gaben den Blick auf den Stollen frei. Der erste Abschnitt war mit leichtem Geröll belegt, nach wenigen Metern nahm der Gang eine Abbiegung. Es roch muffig feucht. Jetzt war der Gruppensprecher noch mehr davon überzeugt, dass er finden würde, was andere nicht fanden und nicht finden wollten. Irgendwo gab es eine raschelnde Bewegung. Vermutlich ein aufgeschrecktes Tier, dachte der Mann.

Nach der Abbiegung senkte sich der Stollen weiter ab und nach einigen Metern entdeckte die Gruppe eine Reihe von etwa zehn behauenen Steinen, verwitterte Sandsteine, Spuren der Vergangenheit. Als sie den ersten Stein erreichten, richteten sich vier Taschenlampen auf das Gebilde. Es war stark bemoost und an einigen Stellen mit Erdreich bedeckt.

»Das ist ein Grabstein«, verkündete einer.

»Ja, das sind wohl alles Grabsteine«, bestätigte der Sprecher.

Überlaut war plötzlich wieder der Ruf der Eule zu hören.

Der Gruppensprecher spürte eine Verengung seiner Nackenhaut und er verfluchte den Tag, an dem er dieses Unternehmen geplant hatte. Einer der Männer schrie hysterisch los. »Gräber … Eulen am Tage. Das ist nicht unsere Party. Los weg von hier.«

»Mir machen die Gräber auch Angst«, bekannte einer der gestandenen Männer.

»Eine makabre Szenerie, wie in einem Horrorfilm«, bestätigte der Sprecher.

»Verschwinden wir.«

Ehe der Sprecher einen klaren Gedanken fassen konnte, drängten sich die Männer am Einstiegsloch, keiner nahm mehr Rücksicht auf den Nebenmann. Eine planlose Flucht, Erdreich rutschte durch die Öffnung, aber irgendwie schafften es alle, den Stollen zu verlassen. Es dauert nur kurze Zeit, bis ein Motor angelassen wurde, dessen Geräusch sich schnell entfernte.

»Eine weise Entscheidung«, frohlockte Sauerbier und schob Lindemann aus der Deckung.

»Spüren Sie nicht die unheimliche Atmosphäre?«, wollte Lindemann vom Pastor wissen.

»Es gibt keine unheimliche Atmosphäre, lieber Lindemann. Gottvertrauen. Auf hoher See, vor Gericht und Untertage sind wir alle in Gottes Hand.«

»Ihr Wort in Gottes Ohr«, stöhnte Lindemann.

»Ja, wohin denn sonst«, bestätigte Sauerbier.

Lindemann begann mit dem Schaft seiner Taschenlampe den Stein zu säubern.

Unter der vorsichtigen Reinigung kamen Schriftzeichen

zum Vorschein. Es war eine altertümliche Schrift, wie sie schon lange nicht mehr verwendet wurde. Ohne Zweifel handelte es sich um Grabsteine.

*Gott der Herr sei meiner armen Seele gnädig* stand da auf stark verwittertem Stein. *Wilhelm Coreller. Geboren 1678. Gestorben 1743.*

»Mein Gott, ist der schon lange tot«.

»Sie stehen auf ihm«, witzelte der Pastor.

Von den Gräbern selbst war nichts mehr erkennbar. Der Boden war plattgewalzt, allein die Grabsteine hatten dem Zahn der Zeit widerstanden. Auf den folgenden Grabsteinen war die Schrift kaum noch zu entziffern. Nur der letzte Stein hob sich von den vorderen ab.

*»Ich bereue meine Sünden«* stand da. Der Name war unleserlich. Ausgewaschen von der Feuchtigkeit der Jahrhunderte. Der Pastor stutzte und deutete auf den Boden. Lindemann erkannte: Hier war die Erde frisch bearbeitet, wie bei einer neuen Grabstelle. Die Inschrift auf dem Stein stand in offensichtlichem Widerspruch dazu.

Die Männer gingen einige Meter weiter und mussten feststellen, dass der Stollen endete. Ob er durch Verschüttung abgeschnitten war oder schon bei seinem Bau nur bis hierher getrieben wurde, konnten sie nicht erkennen. So kehrten sie zu jenem Grab zurück, wo ein längst Verstorbener unter frischer Erde seine Sünden büßte.

»Hier müssen wir graben«, schlug Lindemann vor.

»Wieso wir? Wälzen Sie Ihre Aufgabe nicht auf mich ab. Ich bin ein alter Mann.«

»Ja, ja, ja. Aber dürfen wir das überhaupt? Ist das nicht Störung der Totenruhe?« Lindemann stützte sich auf den Spaten und schaute den Pastor fragend an. Der winkte unwirsch ab. »Am Tag der Auferstehung werden sich alle Gräber öffnen und der Herr ...«

»Heute ist nicht der Tag der Auferstehung«, unterbrach Lindemann den Redeschwall.

»Woher wollen Sie das wissen, das ist doch wohl mein Ressort.« Der Pastor senkte den Kopf, faltete die Hände und murmelte Unverständliches. »Amen. Los, graben Sie.«

Lindemann trat den Spaten in das Erdreich. »Nicht so ungestüm, Sie dürfen keine Spuren vernichten.« »Spuren von 1743?« »Nein, Spuren von letzter Woche vielleicht.« Der Pastor leuchtete mit der Taschenlampe. Lindemann grub immer vorsichtiger. Er schauderte vor dem Gedanken, etwas zu finden, das sehr viel später als 1743 hier vergraben worden war. Nach einem halben Meter Tiefe wurde die Befürchtung zur Gewissheit. Lindemanns Spaten stieß auf einen Widerstand. »Halt«, befahl der Pastor, dem das nicht entgangen war. »Jetzt nicht mehr graben, nur noch kratzen. Mit Gefühl bitte, lieber Lindemann.«

Lindemann zitterten die Glieder. »Wollen Sie nicht lieber, Feinarbeit ist doch eher Ihre Sache?« »Geben Sie her.« Sauerbier nahm mit einer heftigen Bewegung den Spaten und hob zentimeterdünne Schichten Erdreich ab. Schließlich kratzte er mit dem Spatenblatt nur noch im Boden. Kein Zweifel, was Zug um Zug zum Vorschein kam, war eine Leiche, die nicht mit der Jahreszahl 1743 in Verbindung gebracht werden konnte. Ein Mann im Anzug.

Lindemann wandte sich entsetzt ab, betete spontan und laut »Vater unser ... Und vergib uns unsere Schuld.« »Werden Sie nicht hysterisch«, mahnte der Pastor. »So, jetzt schauen Sie sich mal das Gesicht an.« »Nein, das tue ich nicht. Ich kann keine Toten sehen.« Sauerbier ergriff Lindemann an den Schultern und schüttelte ihn mit ungeahnten Kräften. Der kapitulierte und sah angewidert in das erdverschmierte Gesicht des Mark Pantel, der zu Lebzeiten Chefredakteur des *Lindenkuriers* war. Und dieser Mark Pantel trug keine Latexmaske.

Lindemann spürte, wie sein Magen zu rebellieren begann. Er spürte kalten Schweiß an der Stirn und im Nacken. »Ich muss hier raus, lassen Sie mich.« Er schubste den Pastor respektlos beiseite und wankte zum Einstiegsloch, durch das die Ökos gekommen und später geflohen waren. Mit Mühen zog er sich an Sandklumpen und Grassoden nach oben. Die frische Luft brachte kaum Erleichterung, denn die Sonne hatte sie auf fast dreißig Grad angewärmt. Lindemann taumelte einige Schritte und übergab sich. Nie mehr, schwor er sich, nie mehr.

Der Pastor brauchte noch einige Minuten, bis er guter Dinge aus dem Stollen auftauchte.

»Jetzt haben wir alle Trumpfkarten in der Hand. Ich freue mich schon auf das staunende Gesicht dieses arroganten Polizisten. Wie hieß der doch gleich? Kriminalhauptkommissar Peter Stoll. Ja, Herr Stoll, diesmal waren wir besser als Sie, nicht wahr?«

Lindemann atmete tief durch. Einen Moment lang kam ihm Sauerbier so vor, als sei der leibhaftige Pater Brown auferstanden.

Auf dem Weg zwischen Lindener Berg und Friedhof lief derweil ein zehnjähriger Junge ziellos herum und bearbeitete mit dem Mund eine winzige Pfeife. Schließlich pustete er heftig und aus dem Gerät erscholl täuschend echt der Schrei einer Eule.

## 50.

Sebastian Sauerbier zog alle Register, nutzte persönliche Kontakte und schreckte vor keiner Amtsanmaßung zurück, um seine maßgebende Rolle beim Fund der Leiche des Mike Pantel herauszustellen. Zuerst schäumte Peter Stoll vor Wut, dass sich ausgerechnet wieder Sauerbier und Lindemann in polizeiliche Ermittlungen eingeschaltet hatten, aber dann genoss er den Erfolg, den er schnell zum polizeilichen Erfolg ummünzte. Schließlich, so offenbarte er im kleinen Kreis, schließlich sei nichts erfolgreicher als der Erfolg.

Obwohl die Polizei ausdrücklich vom »Verdächtigen« Peter Kollat in der Mordsache Mike Pantel sprach, hatte der keine Chance, weil ihm nach dem brutalen Überfall auf Alfred Bärwald niemand eine Chance geben wollte. Er gestand, Pantel vergraben zu haben, zeigte den Beamten auch einen zweiten Zugang zum Stollen, den er selbst gegraben und anschließend wieder abgedichtet hatte. Aber den Mord wollte er auch nach stundenlangen Verhören nicht gestehen. Den habe Heinz Gettner auf dem Gewissen und der habe ihn angestiftet, die Leiche zu vergraben. Er habe den Mann jedenfalls nicht getötet.

Warum immer wieder Gettner, wollten die Polizisten wissen?

»Weil ich Gettner meinen Job zu verdanken habe, weil Gettner mir einen noch besseren Job versprochen hat und weil Gettner der große Boss des Unternehmens ist.«

Auf den Hinweis, nach Aussage des C-Group-Direktors gebe es keinen Heinz Gettner, lächelte der Sicherheitschef milde.

»Das sind doch alles nur kleine Lichter. Regie führt Heinz Gettner und sonst niemand.«

Rechtsanwalt Dr. Friedrich versuchte mit allen Mitteln, seinen Mandanten von der absurden Strategie abzuhalten, ein Phantom in die Verantwortung zu nehmen – ohne Erfolg.

Woher er von dem Tunnel am Berg wusste? Kollat zeigte eine handgemalte Karte, die angeblich von Gettner stammte. Es war wie eine Manie. Wenn Kollat nicht weiterwusste, wenn ihm ein Geständnis abgerungen werden sollte – immer war der große unbekannte Heinz Gettner verantwortlich.

Die Polizei glaubte Kollat kein Wort, und man war sich mit der Presse einig, dass sich der Mann hinter dem großen Unbekannten verschanzte, um von den eigenen Straftaten abzulenken. Wenn Kollat sich dadurch mildernde Umstände erhofft hatte, war er einem Irrtum erlegen. Das machte die Anklageschrift der Staatsanwaltschaft ganz deutlich. Nach allen Erkenntnissen gebe es keinen Heinz Gettner und es habe ihn auch zu keinem Zeitpunkt gegeben. Selbst Mike Pantel sei der Fiktion aufgesessen, die ganz eindeutig von Peter Kollat stammte. Und er sei der falschen Spur bis ins tödliche Nichts gefolgt, so überzeugend waren für ihn die Indizien.

Auch Lindemann und Pastor Sauerbier schlossen sich dieser Version an, während Monika ihre Freundin Marion tröstete. Denn bei aller Ungewissheit der vergangenen Wochen war doch immer ein Stück Hoffnung geblieben, das nun restlos zerstört war.

Als einige Monate später Peter Kollat wegen Mordes und versuchten Mordes zu lebenslanger Haft verurteilt wurde, war das schon keine Meldung mehr für die erste Seite der Zeitungen. Der Fall war für die Öffentlichkeit längst abgeschlossen. Kaum zur Kenntnis nahm die Öffentlichkeit, dass Kollat und seine Sicherheitstruppe für die kleinen Sabotageakte in der Gartenkolonie und die planmäßige Giftmüllverseuchung an den Untersuchungsstellen verantwortlich gemacht wurden. Auch die Vergiftung des Teiches hatte er organisiert.

Rolf Gruber hingegen hatte in seinem Prozess Glück. Obwohl ihm das Gericht zur Last legte, den tödlichen Unfall nicht gemeldet zu haben, gab es einen Freispruch aus Mangel an Beweisen. Das Gericht würdigte dabei ausdrücklich alle Berichte über die aggressive Persönlichkeit des Redaktionsvolontärs Hans Karwehl.

## 51.

Pastor Sauerbier suchte Öffentlichkeit. Er war der festen Überzeugung, dass seine verschiedenen Aktivitäten an den Brennpunkten des Geschehens wesentlich geholfen hatten, den Fall zu lösen. Die Rolle der Polizei ihm gegenüber sei von Respektlosigkeit und Undank geprägt. Erschwerend käme hinzu, dass es zu keinem Zeitpunkt eine Entschuldigung gegeben habe und Sauerbier eher als lästiger Zeuge behandelt worden sei. Er wolle nun aber aus christlicher Haltung den

Mantel der Nächstenliebe ausbreiten und Frieden verkünden. Frieden im Kiez, Frieden in der Gartenkolonie, Frieden mit der Polizei. Das würde er mit einem Gottesdienst und seiner entsprechenden Predigt besiegeln. Er wandte sich an beide großen Kirchen, denn ökumenisch könnte der Gottesdienst nach Auffassung Sauerbiers schon sein. Zur Überraschung des Pastors winkten die Verantwortlichen beider Gotteshäuser ab, freundlich, aber bestimmt. Das machte den Pastor zunächst ratlos. An die muslimischen Gemeinden traute er sich nicht heran, weil ihm deren Riten doch zu fremd waren.

Sauerbier ließ sich dennoch nicht entmutigen und mietete mit Lindemanns Hilfe das Vereinshaus der Gartenkolonie für einen Abend an. Außerdem bestellte er zwei 50-Liter-Fässer Pils. Freibier, wie er überall verkündete. Und er würde bei der Gelegenheit seine kleine Predigt halten, was angesichts des angekündigten Freibiers niemanden schreckte. Immerhin konnte Hochwürden doch sehr unterhaltsam sein. Die Einladung wurde allenthalben freundlich angenommen. Nur Golke kam nicht mehr. Der hatte die Funktion des Kolonieleiters niedergelegt und beschäftigte sich erstmals in seinem Leben mit privater Vermögensverwaltung. Neid ist eines der wahrhaftigsten Gefühle, befand er und trennte sich vom Kreis seiner jahrzehntelangen Gartenfreunde schmerz- und grußlos.

# 52.

Heinz Gettners Lieblingsspielzeug war ein Laptop der gehobenen Preisklasse. Verbunden mit dem Internet, zeigte ihm der Rechner jeden Tag aufs Neue, wie erfolgreich er auf der Klaviatur der globalisierten freien Marktwirtschaft zu spielen verstand. Dabei hätte er das weltweite Netz nicht unbedingt bemühen müssen, die Bank seines Vertrauens arbeitete nur fünf Kilometer entfernt im Zentrum von Georgetown. Die Fulton-Bank war sein Freund, sagte er des Öfteren im Überschwang, denn hier auf den Cayman Islands galten keine nationalen Beschränkungen wie im fernen London, wo man die Kronkolonie an langer Leine regierte. Offshore-Finanzplätze wie dieser ließen noch zu, dass der Kapitalismus seine ihm innewohnende Dynamik mit voller Kraft entfalten konnte. Hier ging es nicht um fünfprozentige Verzinsungen, auch nicht um die Verdoppelung eines Aktienbesitzes in Jahren, hier konnte sich Kapital schon mal in Jahresfrist steuerfrei verzehnfachen, wenn ein entschlossener Mann das Heft in die Hand nahm. Ein derart entschlossener Mann war er, Heinz Gettner. Er hatte nicht immer so geheißen und würde sicherlich bald einen anderen Namen annehmen. Mit seinen zweiundvierzig Jahren hatte er ein Vermögen geschaffen, das manchen Zocker an der Wall Street neidisch machen konnte. Zu seinen Leidenschaften gehörten Zigarren aus dem nahe gelegenen Kuba, und die durften schon mal fünfzig Dollar pro Stück kosten. Einzig sein Bauchansatz betrübte ihn. Das gute Leben zeigte hier seine Kehrseite. Er würde ihn wegmassieren lassen, für Geld konnte man schließlich auch das verlangen.

Gettner lag vor seiner Villa am eigenen Karibikstrand und ließ sich von einem dunkelhäutigen Diener einen Rum esprit servieren. Das war der Renner der Saison auf der Koralleninsel. Gettner hob das Glas und trank auf den legendären Christoph Columbus, der das Eiland 1503 entdeckt hatte. So stand es jedenfalls auf einer Gedenktafel in der Hauptstadt Georgetown.

Eigentlich, so korrigierte er sich, bestand das Paradies aus drei Inseln – und die hatten genauso viele Einwohner wie Linden. Ein Zufall, den Gettner amüsant fand. Immerhin hatte er in Linden die ersten dreizehn Jahre seines Lebens zugebracht, bis seine Eltern mit ihm weit weg zogen. Er hatte das Linden seiner Kindheit wiedererkannt. Zumindest unter der Erde war es sich treu geblieben. Die geheimen Verstecke seiner Kindheit hatten ihren Reiz behalten.

In Linden sprudelten aus einem Berg nun die Millionen, die ihn erfreuten. Wenn alle Bungalows gebaut und verkauft waren, würde er die C-Group in Einzelteile zerlegen, ausschlachten und alles verkaufen, was einen Käufer fand. Vielleicht, beschloss er mit Genugtuung, denke ich mir heute Abend einen Namen für meine nächste Firma aus. Und einen Einsatzort für sie musste er natürlich auch finden, denn im Gegensatz zum Menschen will Geld arbeiten.

*Hans-Jörg Hennecke*, Jahrgang 1942, lebt in Hannover. Er ist Journalist und schreibt Satiren und Kurzgeschichten für Zeitungen und Zeitschriften. Neben diversen Büchern, in denen der hannoversche Stadtteil Linden im Mittelpunkt steht, hat er Theaterstücke verfasst und bestreitet regelmäßig gemeinsam mit Kersten Flenter Leseprogramme im Theater am Küchengarten in Hannover. Seine Lindemann-Geschichten erscheinen monatlich im ›Lindenspiegel‹.

## Weitere Kriminalromane
**herausgegeben von Susanne Mischke**

**Ilka Sokolowski**
**Die heimliche Geliebte · Ein Wilhelm-Busch-Krimi**
416 Seiten, Hardcover · ISBN 978-3-86674-051-8

Wilhelm Busch hatte eine Geliebte! Niemand wusste davon, bis ein geheimnisvolles Tagebuch es offenbart. Plötzlich häufen sich in Hannover die mysteriösen Todesfälle.

**Michael Reinbold**
**Bachs Todeskantate · Kriminalroman**
368 Seiten, Hardcover · ISBN 978-3-86674-056-3

Lüneburg, kurz nach Kriegsende: Jeder versucht auf mehr oder weniger legale Weise durchzukommen. Viele Flüchtlinge finden ein neues Zuhause. Da kommt es auch zu manch unliebsamer Wiederbegegnung. Einer der Zugezogenen wird ermordet aufgefunden. Führt die Spur in die Vergangenheit?

**Heinrich Thies**
**Schweinetango · Kriminalroman**
224 Seiten, Hardcover · ISBN 978-3-86674-044-0

Der Maskentanz in der Dorfkneipe ist derb. Und doch lassen sich beim »Schweinetango« zarte Bande knüpfen. Cord Krögers neue Geliebte aber hat nicht mehr lange zu leben ...

**Bodo Dringenberg**
**Kleiner Tod im Großen Garten · Kurzkrimis**
191 Seiten, Hardcover · ISBN 978-3-86674-045-7

Grün ist die Farbe des Lebens. Im Hannover der kurzen Krimis von Bodo Dringenberg wird das üppige Grün der Parks und Gärten zur Farbe des Todes.

**Bodo Dringenberg**
**Mord auf dem Wilhelmstein**
**Ein historischer Kriminalroman**
175 Seiten, Hardcover · ISBN 978-3-86674-041-9

Major Rottmann hat den Wilhelmstein, die genial konstruierte Festung im Steinhuder Meer, erfolgreich verteidigt – und stirbt doch von fremder Hand. Wer macht das Leben auf der Festung nach dem Krieg gefährlicher als im Krieg?

**Egbert Osterwald**
**Schwarz Rot Blond**
**Kriminalroman**
288 Seiten, Hardcover · ISBN 978-3-933156-96-9

Kommissarin Wilke fahndet nach einem Serienmörder, dem drei Frauen zum Opfer gefallen sind. Wird sie die Ermittlungen überleben?

**Wolfgang Teltscher**
**Deisterkreisel**
**Kriminalroman**
251 Seiten, Hardcover · ISBN 978-3-86674-048-8

Kommissar i. R. Matuschek wird tot in einem kleinen See am Rande des Deisters aufgefunden. War es Mord, Selbstmord oder ein Unfall? Kommissar Marder ermittelt, dass nichts im Leben von Matuschek so war, wie es zunächst aussah.

**Günther von Lonski**
**BlattSchuss – Die ungewöhnlichen Fälle des Ludger Lage**
**Kurzkrimis**
127 Seiten, Hardcover · ISBN 978-3-933156-95-2

Ludger Lage lebt in einem alten Campingwagen am Arnumer See. Eine unvorteilhafte Scheidung hat ihn aus der Bahn und seiner Wohnung geworfen. Sein Hobby: Als selbsternannter Detektiv hinzuhören, wo andere wegsehen.